소중한 _____ 에게

_____ 가(이) 선물합니다.

_____

체호프 단편선

안톤 체호프 지음

러시아 남부의 항구 도시인 타간로그에서 태어났습니다. 16세 때 잡화상을
운영하던 아버지가 파산한 뒤 모스크바로 가 모스크바 대학 의학부에 다니면서 필명으로
짧은 산문을 발표하기 시작했습니다. 독특한 심리 묘사, 빛나는 재치와 유머로 세계를 대표하는
단편 작가의 반열에 올랐습니다. 소설로는 「카멜레온」 「귀여운 여인」 등 1,000여 편의
작품이 있고, 희곡으로는 「갈매기」 「숙부 바냐」 「세 자매」 등이 유명합니다.

양재홍 엮음

경북 예천에서 나고 자랐습니다. 추계예술대학과 동국대 문화예술대학원에서 문예 창작을
공부했습니다. 1994년 문화일보 하계 문예 공모를 통해 등단했습니다. 동시집 「즐거운 모험」 「너도나도
숟갈 들고 어서 오너라」 「어린이라서 좋은 이유」 등과 「열려라 동양 신화」, 그림 동화집 「으랏차차 닭싸움」
「오 형제의 잔칫상」 「괜찮아. 괜찮아」 등을 썼고, 제2회 눈높이아동문학상을 받았습니다.

2023년 9월 15일 1판 1쇄 **인쇄**
2023년 9월 25일 1판 1쇄 **펴냄**

펴낸곳 (주)효리원
펴낸이 윤종근
지은이 안톤 체호프 · **엮은이** 양재홍 · **그린이** 김태현
등록 1990년 12월 20일 · **번호** 2-1108
우편 번호 03147
주소 서울시 종로구 삼일대로 457, 406호
전화 02)3675-5222 · **팩스** 02)765-5222

ISBN 978-89-281-0776-6 64860

이메일 hyoreewon@hyoreewon.com
홈페이지 www.hyoreewon.com

체호프 단편선

안톤 체호프 지음
양재홍 엮음 / 김태현 그림

 효리원
hyoreewon.com

'열 길 물속은 알아도 한 길 사람 속은 모른다'는 속담이 있습니다. 비록 가까운 사람일지라도 그 진심을 헤아리기 힘들다는 뜻을 가진 말입니다. 또한 사람은 오래 겪어 봐야 그 면모를 제대로 파악할 수 있다는 뜻도 지니고 있습니다.

우리는 살면서 많은 사람들을 만납니다. 스치고 지나가는 인연이 대부분이지만, 오랜 세월을 두고 사귀는 경우도 있습니다. 때에 따라서는 처음 만나는 낯선 사람과 아주 중요한 일을 결정하는 수도 있습니다. 그럴 때 우리가 상대방의 속을 훤히 들여다볼 수 있다면 얼마나 좋을까요?

제 생각엔 사람들의 마음을 헤아리는 훈련을 하는 데 여행만큼 좋은 것이 없는 듯합니다. 하지만 그에 못지않게 좋은 방법으로 안톤 체호프의 소설을 세밀하게 읽어 보라고 권하고 싶습니다.

체호프는 일생 동안 1,000여 편이 넘는 중편 및 단편 소설을 썼습니다. 그중 어떤 것이 명작인지 가려내기도 어려울 만큼 많은 작품이지요. 체호프의 소설에는 정말로 다양한 사람들이 나옵니다. 그들은 대부분 어디선가 본 듯 익숙한 얼굴을 하고 있습니다. 체호프가 그만큼 인물의 특성을 생생하게 그려 냈기 때문입니다. 그는 아주 오래전 러시아에서 살다간 외국인이지만, 누구나 쉽게 공감할 수 있는 작품을 통해 우리에게 전혀 낯설지 않게 다가옵니다. 체호프는 사람의 속(성질)을 콕 짚어 내는 데 귀신 같은 솜씨를 발휘하는 작가입니다.

체호프는 어릴 때 가난을 면하려고 필명으로 400여 편의 글을 쉼 없이 썼습니다. 그 뒤에 본명으로 작품을 발표하였고, 서른 살 무렵에 시베리아 횡단 여행을 하면서 작가로서 책임 의식을 다지게 됩니다. 그는 의과 대학을 다녔는데, 의사 공부를 할 때 저절로 몸에 밴 관찰력이 인간과 세상을 날카롭게 묘사하는 데 큰 힘이 되었다고 합니다.

체호프의 소설에서는 사건이 복잡하거나 분량이 방대한 경우가 드물고, 어떤 사람의 일기 같은 '하찮고' '별 볼일 없는' 작품이 대부분입니다. 언뜻 보면 좀 시시할 수도 있습니다. 그러나 곁에 두고 자꾸 읽다 보면 저절로 무릎을 탁 치게 됩니다. 그 순간, 체호프가 그려 낸 '하찮은' 세계에서 자기 자신의 모습을 발견하게 되지요.

여러분도 즐겁게 그의 작품 세계를 여행하면서 다양한 사람들을 만나고, 번득이는 삶의 지혜도 얻기를 바랍니다.

엮은이 양재홍

카멜레온

귀금속상의 직공이 개에게
손가락을 물렸다. 경찰서장 오추멜로프는
개를 비난하다, 직공을 탓하다, 다시
개를 비난하다, 직공을 탓하는 등 줏대 없이
변덕을 부린다. 오추멜로프는
왜 그런 행동을 보였을까?

새 외투를 입고 한쪽 손에 꾸러미를 든 경찰서장 오추멜로프가 시장 광장을 지나가고 있었다. 그 뒤로는 얼굴이 불그죽죽한 순경 한 사람이 압수한 구즈베리(달고 신맛이 나는 열매)가 가득 든 바구니를 들고 따라가고 있었다. 주위는 물을 끼얹은 듯 고요했고, 광장은 사람 그림자 하나 찾아볼 수 없었다. 활짝 열어젖힌 가게 문과 술집 문이 굶주린 짐승의 아가리처럼 음산하게 밖을 내다보고 있었다. 그 주위에도 거지 하나 얼씬거리지 않았다.

"이놈이 사람을 물다니! 저리 꺼지지 못해!"

갑자기 오추멜로프의 귀에 이런 외침이 들려왔다.

"저 개를 잡아라! 지금 세상에 사람을 물어뜯는 개를 그냥 둘 순 없지. 잡아라, 잡아! 아……악!"

곧이어 개의 신음 소리가 들려왔다.

오추멜로프가 고개를 돌렸을 때 상인 베츄겐의 장작 창고에서 세 발 걸음으로 뛰는 개 한 마리가 뒤를 흘끔흘끔 돌아보며 이리로 도망쳐 오고 있었다. 그 뒤에는 풀 먹인 무명 셔츠에 조끼 단추를 풀어헤친 한 사나이가 쫓아왔다.

그는 개를 따라잡은 후 몸을 앞으로 내던지며 개의 뒷다리를 붙잡았다. 다시금 개의 비명과 함께 "놓치지 마라!"는 외침이 들려왔다. 이윽고 가게 안에서 졸린 듯한 얼굴들이 하나둘 나타났다. 그러더니 순식간에 창고 옆은 땅속에서 솟아나기라도 한 듯 수많은 군중들로 뒤덮였다.

"굉장히 무질서하군요, 서장 나리!"

순경이 말했다.

오추멜로프는 몸을 왼쪽으로 반쯤 돌려서 군중들이 모인 곳으로 갔다. 그는 창고 바로 문 옆에서 조금 전에 개를 쫓던 사내가 조끼를 풀어헤친 채 오른손을 번쩍 치켜들고 군중들에게 피투성이가 된 손가락을 보여 주는 모습을 보았다. 그의 얼굴 표정은 이렇게 말하고 있는 것 같았다.

'당장에 껍질을 벗겨 버리고 말겠어. 이 몹쓸 놈 같으니!'

그는 전투에서 승리한 장수처럼 자랑스럽게 엄지손가락을 세워 보였다. 오추멜로프는 그 사람이 귀금속상의 직공 흐류킨이라는 것을 알아 봤다. 사건의 진범인, 잔등에 노란 반점이 있고 코가 날카로운 보르조이종의 흰 강아지는 군중들의 한복판에서 앞발을 벌리고 부들부들 떨면서 웅크리고 앉아 있었다. 눈물어린 그 눈에서는 두려움과 고통이 엿보였다.

"도대체 무슨 일이지?"

오추멜로프는 군중 속으로 파고들며 물었다.

"왜들 그래? 이봐, 그 손가락은 어떻게 된 건가? 소리친 사람은

누구야?”

“나리, 전 조금도 잘못한 게 없습니다.”

흐류킨은 주먹을 쥔 손에 대고 기침을 하면서 말했다.

“미트리 미트리치와 장작에 관해 말하고 있었는데 별안간 이놈이 제 손가락을 물지 않았겠습니까? 나리, 제 말씀만 드려 죄송하지만 저는 날품팔이를 하는 직공인데다가 제가 하는 일은 정교하고 세밀한 작업입니다. 그러니 제발 제가 손해 배상을 받을 수 있게 도와주십시오. 이 손으로는 앞으로 일주일 동안은 일할 수 없을 테니까요. 저, 나리! 이런 일을 당하고도 참아야 한다는 법은 없겠지요? 만일 이 세상의 개가 다 사람을 문다면 이 세상에서 살지 않는 편이 더 나을 겁니다.”

“으흠! 그렇지.”

오추멜로프는 헛기침을 한 다음 눈썹을 씰룩거리며 준엄하게 말했다.

“좋아……. 이 개의 주인이 누구요? 이런 개를 그냥 둘 순 없지. 개를 방치한다는 게 어떤 죄인지 여러분에게 보여 주겠소. 지금이야말로 이 개의 주인처럼 규칙을 지키지 않는 사람들에게 본때를 보여 줄 때란 말이오. 그런 자들에게 벌금을 물리면 그들도 집에서 기르는 개와 떠돌이 짐승이 달라야 한다는 것쯤은 알게 될 테지. 그러니 이참에 단단히 혼을 내 줘야 해. 안 그런가, 엘드이런?"

오추멜로프는 순경을 돌아보며 말했다. 순경이 얼른 고개를 끄덕이자 그가 다시 말했다.

"당장 이 개의 주인이 누군지 찾아내서 조서(조사한 내용을 적은 문서)를 꾸미게. 그리고 이 개는 당장 처치해 버려. 미친 개가 틀림없으니 서두르게. 여러분 중에 혹시 이 개의 주인이 누군지 아는 사람 없소?"

"지갈로프 장군의 개 같습니다."

군중 속에서 누군가 소리쳤다.

"지갈로프 장군이라고? 으흠……. 이거 곤란하게 됐군. 엘드이런, 이리 와서 내 외투 좀 벗겨 주게. 무진장 덥군그래. 곧 한바탕 퍼붓겠는걸. 그런데 한 가지 의심스러운 게 있는데 어째서 이 개가 자네에게 달려든 건가?"

오추멜로프는 얼굴 표정을 싹 바꾸더니 흐류킨에게 물었다.

"이런 강아지가 어떻게 자네의 손가락을 물 수 있었지? 이 개는 작고, 자넨 그렇게 큰데 말일세. 자네가 못으로 손가락을 찔러서 다치게 해 놓고 이 개한테 덮어씌우는 건 아닌지 모르겠군. 자넨 ……. 그렇고 그런 부류의 사람이니까. 난 자네 같은 악당들을 잘 알고 있거든."

그러자 사람들 틈에서 누군가 끼어들었다.

"나리, 저 사람은 장난삼아 개 코에 궐련(얇은 종이로 말아놓은 담배)을 쑤셔 넣었답니다. 그러니 그 개가 미쳐서 덤벼들 수밖에요. 저 자식은 아주 나쁜 놈입니다."

"거짓말 마라. 애꾸눈 같은 자식아! 보지도 못한 주제에 왜 거짓말을 하는 거야? 현명하신 나리께서는 누구 말이 거짓이고, 누구 말이 진짜인지 하느님 앞에서처럼 다 아신단 말이야. 내가 거짓말을 했다면 판사님 앞으로 끌고 가 조사를 해라. 거기엔 법이라는 게 있으니. 요즘은 모든 사람이 평등해. 내게도 헌병대에 근무하는 형제가 있어. 누군지 정 알고 싶다면……."

"그만 둬."

오추멜로프가 사내의 말을 잘랐다. 그러자 순경이 고개를 갸웃거리며 말했다.

"서장님, 아무래도 저건 장군의 개가 아닌 것 같은데요. 장군 댁에는 저런 개가 없습니다. 그 댁에 있는 개는 저것보다 훨씬 큰 랴가브이(사냥개의 일종)뿐입니다."

"그게 정말인가? 확실히 알고 말하는 거지?"

"확실합니다, 나리!"

19

"그래, 그건 나도 알고 있지. 장군 댁에 있는 건 개량종인 값비싼 개들인데, 이건…… 말도 안 돼. 털을 보나 낯짝을 보나 똥개에 지나지 않는단 말이야. 이런 똥개를 누가 기르겠나! 자네들의 머리는 대체 어디다 쓰려고 달고 다니는 건가? 페테르부르크나 모스크바에 이런 개가 있다고 해 봐. 그럼 어찌 되는지 아는가? 거기선 재판 같은 건 할 필요도 없이 그 자리에서 당장 때려 죽이고 만다네. 이봐, 흐류킨! 자네 아주 혼이 났겠군. 이 사건은 그대로 넘어갈 순 없지. 버릇을 제대로 고쳐 놔야 해. 지금이 바로 그렇게 할 때야."

그때 순경이 깊은 생각에 잠긴 표정으로 다시 말했다.

"서장님, 자세히 보니 장군의 개일지도 모르겠는걸요. 요 근래 장군 댁 정원에서 비슷한 개를 본 적이 있는 것 같아서요."

"틀림없어요. 저건 장군 개예요."

군중 속에서도 이런 외침이 들렸다.

"흐음……. 엘드이런, 외투 좀 입혀 주게. 바람이 부니 오싹하군. 자네, 이 개를 장군 댁에 좀 데려다 주고 오게나. 내가 찾아서 보내는 거라고 꼭 말씀드려야 하네. 앞으론 거리에 마음대로 돌아다니게 하지 말아 달라는 부탁도 드리게. 보기엔 이래도 고귀한 품종일지 모르니 조심해서 다루고. 하긴 돼지새끼도 코에 궐련을 쑤셔 넣으면 가만히 있지 않을 거야. 개라는 건 원래 온순한 동물이거든. 이 미련한 자식아, 손을 내려! 어째서 그 꼴사나운 손가락을 쳐들고 있는 거야? 자기가 잘못한 주제에…….”

오추멜로프가 한창 입에 침을 튀기며 말을 하고 있을 때 순경이 다급하게 소리쳤다.

“서장님, 잠깐만요. 저기 마침 장군 댁 요리사가 지나가는군요. 저 사람에게 물어보도록 하지요. 어이, 프로호르! 이리 좀 와 보게. 이 개가 장군 댁 개인가?”

“천만에요. 장군 댁에 이 따위 개는 없습니다.”

프로호르가 고개를 절레절레 흔들었다.

“그럼 더 물어볼 필요도 없군.”

오추멜로프가 차갑게 말했다.

“이건 떠돌이 개야. 이러쿵저러쿵 떠들 가치도 없어. 일단 내가 떠돌이 개라고 말했으면 그걸로 끝인 거야. 뭘 꾸물거려. 당장 처치해 버려.”

그러자 프로호르가 조심스럽게 다시 입을 열었다.

“이 개는 며칠 전에 다녀가신 장군님의 동생 개올시다. 장군께서는 보르조이종을 좋아하지 않으시지만 동생께선 대단히 좋아하시거든요.”

"그럼, 장군의 동생께서 오셨단 말인가?"

오추멜로프가 눈을 크게 뜨고 물었다. 그는 감격에 찬 얼굴로 말을 이었다.

"그분이 오신 줄도 모르고 있었다니! 손님으로 오신 건가?"

"그렇습죠."

"오래간만에 형제분끼리 만나셨군. 그런데 내가 왜 소식을 듣지 못했을까! 아무튼 이 개는 그분의 개가 틀림없단 말이지? 정말 잘 됐군. 자, 이만 데려가게. 개에겐 아무 일도 없었다네. 이 사람 손 가락을 문 걸 보니 아주 날쌘 개가 틀림없어. 하하하! 저런, 왜 이 렇게 떨고 있지? 사람들 때문에 화가 좀 난 모양이야. 정말로 귀여 운 강아지로군."

프로호르는 개를 데리고 멀어져갔다.

그 모습을 지켜본 군중들은 흐류킨을 비웃었다.

"이놈, 두고 보자. 내가 아주 혼을 내줄 테니!"

오추멜로프는 흐류킨을 위협하듯 외투 깃을 여미더니 시장 광장 을 따라 가던 발걸음을 재촉했다.

소년 반카

구둣방 견습공으로 일하는
아홉 살 소년 반카는 굶주림과 동료들의
괴롭힘으로 힘든 나날을 보내는데…….

아홉 살 소년 반카 주코프는 석 달 전, 제화(구두 따위의 신발을 만 드는 것) 기술을 배우기 위해 제화공 알랴힌에게 보내졌다.

그날은 크리스마스이브였다. 반카는 밤늦도록 잠자리에 들지 않고 있었다. 주인과 다른 견습공(공부나 기술 따위를 배우고 익히는 과 정에 있는 사람)들이 새벽 예배를 보러 간 후에 반카는 서랍에서 잉 크 병과 녹슨 펜을 꺼내어 구겨진 종이 위에 편지를 쓰기 시작했 다. 그런데 첫 번째 글자를 쓰기도 전에 반카는 몇 번이나 흠칫흠 칫 놀라며 문과 창문들을 바라보았고, 벽 양쪽으로 구두 모형을 얹어 놓은 선반의 축 늘어진 그림자를 곁눈질하며 한숨을 내쉬었 다. 종이는 긴 의자 위에 놓여 있었고, 반카는 의자 앞에 무릎을 꿇고 있었다.

사랑하는 할아버지, 콘스탄친 마카로비치!

반카는 한참 만에 겨우 첫 문장을 썼다.

이렇게 할아버지께 편지를 씁니다.

할아버지, 성탄절을 축하드리고, 하느님께서 주실 수 있는 가장 좋 은 것을 할아버지께서 받으시길 바랍니다. 제게는 아빠도 엄마도 없고 할아버지 한 분밖에 없으니까요.

반카는 촛불이 희미하게 비치는 어두운 창문을 바라보며 할아버지 얼굴을 그려 보았다.

할아버지는 지바레프 씨 집에서 야경꾼(밤사이 화재나 범죄가 없도록 지키는 사람) 노릇을 하고 있다. 할아버지는 작고 말랐지만 예순다섯의 나이에도 몸놀림이 매우 가볍다. 늘 웃는 얼굴을 하고 있는 할아버지는 낮이면 하인들의 부엌에서 잠을 자거나 하인들과 장난을 치며 시간을 보낸다. 그러다 밤이 오면 헐렁한 가죽 옷을 뒤집어쓰고 저택 주변을 돌아다니며 방망이를 두드려 딱딱 소리를 낸다.

그의 뒤로는 힘없이 고개를 숙인 늙은 누렁이와 빛깔이 검어서 미꾸라지라고 불리는 몸뚱이가 긴 수캐가 따라다닌다. 미꾸라지는 유달리 순종적이고, 유순해서 낯선 사람들도 마치 잘 아는 사이처럼 다정한 눈으로 바라보곤 한다. 하지만 겉으로 보이는 순종과 유순함 뒤에는 아주 위선적인(겉으로만 착한 척하는) 교활함이 숨겨져 있다. 아무도 모르게 슬그머니 다가와서 다리를 덥석 물거나, 냉장실에 숨어 있다가 닭고기를 훔쳐 내는 일을 미꾸라지보다 완벽하게 해 내는 개는 없다. 그러다 보니 하인들이 뒷다리를 부러뜨린 적이 한두 번이 아니었고, 두 번이나 목이 매달렸으며, 일주일에 한 번 꼴로 반죽음이 되도록 채찍질을 당했지만 녀석은 언제나 빠른 속도로 생기를 되찾는다.

아마 지금쯤 할아버지는 문 옆에 서서 나무로 된 교회의 환하고, 붉게 빛나는 창문을 곁눈질하며 문지기와 가벼운 농담을 하고 있을 것이다. 물론 할아버지의 허리춤에는 야경용 방망이가 매달려 있을 것이다. 할아버지는 언 손을 호호 불며 꼭 감싸쥘 것이고, 할일 없는 노인네처럼 시시덕거리며 하녀나 요리사를 꼬집을지도 모른다.

"진짜로 코담배 냄새 맡아 보겠수?"

할아버지는 자신의 담뱃갑을 할머니들에게 내밀며 말한다. 할머니들은 코담배 냄새를 맡고 이내 재채기를 해댄다. 할아버지는 재미있어 죽겠다는 듯 경쾌하게 웃으며 소리친다.

"담배가 콧속에서 얼어붙기 전에 얼른 꺼내시구려!"

할아버지는 연신 킬킬거리며 개들에게도 코담배 냄새를 맡게 한다. 누렁이는 얼굴을 돌려 재채기를 하다가 화가 나서 다른 쪽으로 가 버린다. 미꾸라지는 그 대단한 충성심으로 재채기도 하지 않고 그저 꼬리만 흔들어 댄다.

날씨는 기가 막히다. 공기는 고요하고 투명하며 신선하다. 어두운 밤이지만 하얀 지붕들과 굴뚝에서 솟아나는 연기로 작은 시골 마을은 본래의 모습을 고스란히 드러낸다. 은색 이슬로 뒤덮인 나무들, 수북이 쌓인 하얀 눈 더미, 하늘 가득히 깔려 반짝이는 별들, 은하수는 마치 방금 목욕을 한 듯 눈부시게 밝고⋯⋯.

반카는 한참 동안 생각에 잠겼다가 깊은 한숨을 내쉬고 나서 잉크에 펜을 적셔 계속 써 내려갔다.

할아버지, 어제 저는 심하게 두들겨 맞았어요. 주인은 제가 요람 속에 누워 있는 아기를 흔들어 주다 잠들어 버렸다고 제 머리카락을 움켜쥐고 마당으로 끌고 가 가죽끈으로 마구 때렸어요. 그리고 이번 주에 주인아줌마가 제게 청어 한 마리를 깨끗이 씻으라고 한 적이 있어요. 그런데 제가 청어를 꼬리부터 닦는다고 마구 화를 내면서 그 청어로 제 얼굴을 막 찔렀어요.

어디 그뿐인가요! 저와 함께 기술을 배우는 다른 견습공들도 툭하면 저를 놀려요. 선술집에 보드카 심부름을 시키기도 하고, 주인집에서 오이를 훔쳐 오라고 시킬 때도 있어요. 그러면 주인아저씨는 또 저를 때리지요.

게다가 여기 제가 먹을 게 하나도 없어요. 아침에는 빵 한 조각만 주고, 점심에는 죽 한 사발, 그리고 저녁에는 또 빵 조각이에요. 주인 집

식구들은 매일 향기 나는 차와 맛있는 수프를 걸신들린 것처럼 먹어 대면서 말이에요. 또 저는 문간방에서 잠을 자요. 주인 집 아기가 울면 아무 때고 일어나서 요람을 흔들어 줘야 하거든요.

사랑하는 할아버지, 제발 저를 불쌍히 여기셔서 고향 집으로 데려가 주세요. 여긴 아무런 희망이 없어요. 저를 데려가 주시기만 하면 할아 버지 발밑에 엎드려 절을 하고, 죽을 때까지 하느님께 감사 기도를 드 릴게요. 하루빨리 저를 여기서 구해 주세요, 할아버지. 안 그러면 전 죽을 것 같아요.

반카는 입을 삐죽거리다가 시커먼 주먹으로 눈물을 훔치며 서럽 게 흐느껴 울었다.

할아버지 코담배도 제가 매일 갈아드릴게요.

반카는 코를 훌쩍이며 계속 써 내려갔다.

만약 제가 뭘 잘못하면 용서 없이 저를 때려 주세요. 혹시 제가 그곳 에 돌아갔을 때 할 일이 없을 거라고 걱정하시는 건 아니시겠죠? 전 집사 아저씨께 장화 닦는 일을 시켜 달라고 부탁하고, 페치카 대신 목동 일도 나갈 거예요. 그러니 부디 그런 걱정은 하지 마세요.

사랑하는 할아버지, 여긴 아무런 희망이 없어요. 그저 죽음뿐이에요. 저는 걸어서라도 그곳으로 도망치고 싶지만 장화도 없고, 너무 추워서 무섭기도 해요. 이다음에 제가 크면 할아버지를 잘 모실게요. 누구도 할아버지를 못살게 굴지 못하도록 제가 지켜 드릴게요. 그리고 할아버지가 돌아가시면 할아버지 영혼이 편히 잠드시기를 진심으로 기도를 드릴게요. 제가 엄마 필라가야를 위해 기도하는 것처럼요.

할아버지, 모스크바는 아주 큰 도시예요. 집들은 모두 지주들 집 같아요. 말은 많은데 양은 한 마리도 없어요. 개들은 사납지 않고요. 아이들이 별을 가지려고 교회 찬양대를 넘어 다니지도 않아요. 또 아무도 노래를 못 부르게 해요.

한 번은 어떤 가게에서 모든 물고기를 종류별로 낚을 수 있는 낚시 바늘이 달린 줄을 파는 걸 봤어요. 모두 엄청나게 비싼 것들인데, 1푸드(러시아에서 쓰는 무게 단위. 1푸드는 약 16.38kg에 해당함)짜리 메기를 낚을 수 있는 바늘도 있었어요. 언젠가 한 번은 마님들이 가지고 다니는 소총들을 파는 가게 몇 군데도 가 봤어요. 세상에! 그 소총들은 하나에 100루블씩이나 하지 뭐예요.

고깃간에서는 멧닭, 들꿩, 토끼고기들을 파는데 제가 어디서 잡았냐고 물으니 주인아저씨가 가르쳐 주지 않았어요.

사랑하는 할아버지, 시골 주인댁에서 봉봉과자가 달린 크리스마스 트리를 만들거든 금박 입힌 호두와 수레에 매단 선물 상자는 꼭 제게 주세요. 올가 마님에게도 저한테 줄 거라고 부탁해 주셨으면 해요.

반카는 불안한 얼굴로 긴 한숨을 내쉬며 또다시 창문을 바라보았다.

주인댁 크리스마스트리로 쓸 전나무를 구하는 일은 항상 할아버지가 맡아서 했는데, 반카는 매번 할아버지를 따라 숲으로 갔다. 그때가 반카에게는 무척 즐거운 시간이었다. 할아버지도 기뻐서 어린애처럼 소리를 꽥꽥 질러 댔고, 바람도 꽥꽥 소리를 질러 댔고, 반카 또한 신이 나서 꽥꽥 소리를 질러 댔다.

전나무를 베기 전 할아버지는 길게 코담배 냄새를 맡고, 담배를 피우며 꽁꽁 언 반카를 놀려 댔다. 서리를 덮어쓴 어린 전나무들은 숨죽이고 선 채, 자기들 중 누가 선택될지를 기다리는 듯했다.

눈더미 사이를 쏜살같이 뛰어다니는 토끼도 그냥 놓칠 수 없었다. 할아버지는 토끼가 눈에 띄면 미친 듯이 소리쳤다.

"잡아라, 잡아. 빨리 잡아! 아이고, 이 멍청아!"

그러면 반카는 땀이 나도록 눈밭을 뛰어다녔다.

전나무를 끌고 주인댁으로 돌아오면 할아버지는 곧바로 나무를

다듬기 시작했다. 반카가 누구보다도 좋아하는 올가 마님은 그런 할아버지에게 칭찬을 아끼지 않았다.

반카의 어머니 필라가야는 살아 있을 때 주인댁에서 하녀로 일했다. 그때도 올가 마님은 종종 반카에게 알사탕을 건네주었다. 또 읽고 쓰는 법과 100까지 세는 법, 심지어 카드릴 춤(넷이서 어울려 추는 춤)도 가르쳐 주었다. 그런데 필라가야가 죽자 고아가 된 반카를 하인들의 부엌에 있는 할아버지에게로, 거기에서 다시 모스크바에 있는 제화공 알랴힌에게로 내쫓아 버렸다.

이리로 오세요, 사랑하는 할아버지.

반카는 계속해서 편지를 써 나갔다.

하느님의 이름으로 기도드립니다. 저를 하루빨리 이곳에서 데려가 주세요. 제발 이 불쌍한 고아를 구원해 주세요. 여기선 모두 저를 몽둥이로 때려요. 저는 매일 굶주림에 시달리면서 억울한 일을 당하고 있어요. 그런데 아무한테도 얘기해선 안 돼요. 그래서 저는 매일 울기만 해요. 최근엔 주인아저씨가 구두 모형으로 제 머리를 때리는 바람에 정신을 잃고 쓰러지기도 했어요. 전 이제 망했어요. 제 신세는 개보다

못해요.

　할아버지, 알레나와 애꾸눈 예고르카, 마부 아저씨께 제 안부를 전해 주세요. 아, 참. 제 하모니카는 절대로 다른 사람한테 주시면 안 돼요. 할아버지 손자가 여기 외롭게 남아 있어요. 사랑하는 할아버지, 제발 빨리 와 주세요.

반카는 다 쓴 편지를 잘 접어서 1코페이카를 주고 미리 사 둔 봉투에 넣었다. 그러고는 잠깐 생각한 다음 잉크에 펜을 적셔서 봉투에 주소를 적었다.

　-시골 할아버지께-

그러고 나서 반카는 다시 생각에 잠겼다가 이렇게 덧붙였다.

　-콘스탄친 마카로비치께-

반카는 편지를 쓰는 동안 아무한테도 방해를 받지 않았다는 데 몹시 만족스러워하며 모자를 쓰고는 외투도 걸치지 않은 채 셔츠 바람으로 달려 나갔다.

반카는 고깃간 아저씨에게서 편지를 우체통에 넣으면 술에 취한 마부가 끄는 우체국 마차에 옮겨져서 세상 어디로든 배달해 준다고 들었다. 그래서 기쁜 마음으로 첫 번째 우체통까지 한달음에 달려가 좁은 틈 속으로 조심스레 편지를 집어넣었다.

　　달콤한 희망으로 마음이 부풀어오른 소년은 한 시간 후 깊이 잠들었다.

　　소년은 꿈에 벽난로를 보았다. 벽난로 앞에서는 맨발을 늘어뜨린 할아버지가 요리사 아줌마에게 편지를 읽어 주고 있었다. 벽난로 근처에선 미꾸라지가 꼬리를 흔들며 이리저리 돌아다니고…….

굽은 거울

증조할머니가 애지중지했던
거울! 아내는 그 거울에 얼굴을 비쳐 본
뒤로 증조할머니가 그랬던 것처럼 손에서
놓지를 못한다. 과연 그 거울에는
어떤 비밀이 숨어 있는 것일까?

나는 아내와 함께 응접실로 들어갔다. 눅눅한 냄새가 코끝에 훅 끼쳐 왔다. 지난 백 년간 한 번도 켜지 않았을 듯한 벽걸이 등에 불을 붙이자 곳곳에 숨어 있던 쥐들이 사방으로 달아났다.

문을 닫자 한순간 바람이 일며 구석에 놓여 있던 종이가 가볍게 날렸다. 우리는 종이를 불빛에 비추어 보았다. 거기에는 중세 시대의 문자와 그림이 있었다. 벽에 걸린 조상들의 빛바랜 초상화에서도 오랜 세월의 흔적을 찾을 수 있었다. 벽화 속의 인물들은 엄한 표정으로 이렇게 호통을 치는 듯했다.

"고얀 놈, 우리한테 한번 혼찌검이 나 볼 테냐!"

우리는 오싹 소름이 끼쳐서 얼른 다른 곳으로 자리를 옮겼다. 발소리가 고요한 집 안에 쿵쿵 울려 퍼졌다. 내 기침 소리도 벽을 타고 웅웅 울렸다. 어둠침침하고 음산한 분위기 때문에 바람 소리는 울부짖는 신음처럼 들렸고, 벽난로 굴뚝에서도 누군가 흐느끼는 듯한 소리가 끊임없이 들려왔다. 굵은 빗방울이 뿌연 창을 쉴 새 없이 두드려대는 바람에 집 안은 더욱 을씨년스럽게 느껴졌다.

나는 집 안을 빙 둘러보다가 나도 모르게 중얼거렸다.

"오! 조상님들이시여!"

내 입에서는 저절로 탄성이 나왔다. 나는 겁에 질려 있는 아내를 돌아보며 말했다.

"벽에 걸린 저 초상화들을 좀 봐. 하나같이 늙고 초라한 모습이지? 저분들도 한때는 누구보다 젊고 아름다웠겠지만 세월이 흐르는 동안 저렇게 변했을 거야. 그 세월 동안 얼마나 많은 일들이 있었을까! 만약 내가 작가였다면 저분들의 이야기를 찾아내서 길고 긴 장편 소설을 쓸 수 있을 것 같아. 아, 참, 내가 아는 얘기가 하나 있는데 들려줄까?"

"네, 그래요."

아내는 호기심에 가득 찬 얼굴로 고개를 끄덕였다.

나는 맨 끝에 걸려 있는 초상화와 그 옆에 나란히 걸려 있는 거울을 가리켰다.

"저분은 증조할머니야. 그 옆에 청동으로 테가 둘러진 거울도 그분 것이었지. 할머니는 엄청나게 비싼 값을 주고 저 거울을 사셨는데 죽을 때까지 손에서 놓지 않으셨어. 그런데 저 거울이 할머니 인생을 엉망으로 만들어 버렸다고 해도 틀린 말이 아니야. 거울에 어떤 마력이라도 있었는지 할머니는 저 거울을 밤이고 낮이고 손에 들고 다니면서 틈만 나면 들여다보고 또 들여다보셨어. 식탁에 앉아서 음식을 먹을 때도, 잠자리에 들 때도 항상 저 거울을 끼고 계셨지. 심지어 돌아가실 때도 저 거울을 관 속에 함께 넣어 달라고 유언을 하셨을 정도였다니까. 지금 저곳에 거울이 걸려 있는 걸 보면 후손들이 할머니의 유언을 따르지 않은 거지."

"당신 증조할머니가 혹시 남자들을 많이 만났나요? 그래서 하루 종일 거울만 보고 계셨던 게 아닐까요?"

아내가 고개를 갸웃거리며 물었다.

"글쎄, 그것까지는 모르겠어. 하지만 설령 그랬다고 해도 왜 돌아가실 때까지 저 거울만 그토록 애지중지하셨느냐 말이야. 거울이 저거 하나밖에 없었던 것도 아닐 텐데……. 도대체 이유가 뭘까? 어떤 사람들은 저 거울에 귀신이 붙어서 할머니를 꼼짝 못하게 붙잡아 둔 거라고 하더군. 옛날부터 청동 테가 둘러진 거울은 신비한 힘을 지녔다는 얘기가 있었거든. 그게 사실인지 아닌지는 모르겠지만 아무튼 저 거울에 뭔가 엄청난 비밀이 숨어 있는 것만은 확실해."

말을 하다 보니 나는 점점 더 호기심이 생겼다. 그래서 발을 한껏 세워서 벽에 걸린 거울을 내리고 먼지를 닦아낸 다음 가만히 들여다보았다.

"하하하, 이것 좀 봐. 이게 뭐야!"

나는 거울에 비친 내 모습을 보고 웃음을 참을 수가 없었다. 거울 표면이 매끄럽지 않고 굽어 있는 탓에 내 얼굴은 흉측하게 찌그러져 보였다. 코는 왼쪽 뺨에 가서 붙어 있었고, 턱은 두 갈래로 갈라져서 각각 반대편으로 삐죽이 뻗어 있었다.

"이제 보니 우리 증조할머니 취향이 특이했던 모양이야. 이 거울은 멀쩡한 사람 얼굴을 괴상하게 일그러뜨리는 마력을 지녔군 그래."

나는 여전히 웃음을 멈추지 못한 채 배를 움켜잡고 말했다. 그때까지 두어 걸음 떨어져서 두려운 표정을 짓고 있던 아내가 조심스럽게 옆으로 다가왔다.

"도대체 이 거울이 어쨌다는 거예요?"

아내는 잠깐 망설이다가 거울을 똑바로 들여다보았다.

"오! 오! 세상에! 맙소사!"

아내가 갑자기 팔다리에 경련을 일으키며 비명을 지르기 시작했다. 나는 깜짝 놀라서 아내를 붙잡았다. 아내는 얼굴이 하얗게 질려서 어쩔 줄 몰라 하더니 손에 들고 있던 촛대를 떨어뜨렸다. 촛대가 바닥에 구르면서 곧바로 촛불이 꺼졌다. 순식간에 우리는 칠흑 같은 어둠에 휩싸였다. 그리고 그 어둠 속에서 아내가 정신을 잃고 바닥에 쓰러졌다.

나는 아내를 안고 서둘러 그곳을 빠져나왔다. 머리카락이 곤두설 만큼 무시무시한 방에서 겨우 벗어났을 때 창밖으로 은은하게 빛나는 달이 보였다.

아내는 다음 날 저녁 무렵에야 정신을 차리고 깨어났다. 그런데 아내가 눈을 뜨자마자 이렇게 소리쳤다.

"여보, 그 거울 어디 있죠? 그 거울 좀 갖다 줘요. 빨리요."

하지만 나는 거울을 가져다줄 수가 없었다. 아내가 까무러친 걸 보니 아무래도 그 거울에 귀신이 붙은 게 분명하다는 생각이 들었기 때문이다. 거울을 가져오면 더 나쁜 일이 생길 것만 같아서 나는 어떻게든 아내의 마음을 돌리려고 했다.

하지만 아내는 일주일 내내 먹지도 않고, 자지도 않은 채 하루 종일 거울 타령만 했다. 그래도 내가 말을 들어주지 않자 흐느껴 울고 머리카락을 쥐어뜯으며 바닥을 나뒹굴었다. 그렇게 일주일쯤 지나자 아내는 너무 쇠약해져서 거의 움직일 수 없는 지경에 이르렀다. 나는 급히 의사를 불렀다.

"아주 위험한 상태군요. 이대로 두면 죽을 수도 있어요."

의사는 절망적인 진단을 내리고 돌아갔다. 나는 어떻게 해야 할지 몰라서 한참 고민하다가 온몸이 부들부들 떨리는 걸 겨우 참고 다시 조상들의 초상화가 있는 아래층으로 내려갔다. 그리고 증조할머니의 거울을 가져와서 아내에게 건넸다.

"오! 여보, 고마워요."

거울을 받아든 아내는 기뻐서 어쩔 줄 몰라 하며 큰 소리로 웃었다. 그러더니 거울을 껴안고 어루만지다가 입까지 맞추고 나서 뚫어지게 바라보기 시작했다.

그 후, 10년이 훌쩍 지나갔다. 아내는 여전히 내 증조할머니의 거울을 끼고 살며 한순간도 손에서 내려놓지 않는다.

"이게 정말 나란 말이야?"

아내는 거울을 보며 종종 이렇게 속삭인다. 그리고 말로 표현할 수 없을 만큼 행복에 겨워하며 환희에 찬 표정을 짓는다. 그때마다 그녀의 얼굴은 수줍은 소녀처럼 발그레해진다.

어느 날, 아내는 또 거울을 들여다보며 혼잣말을 했다.

"이 거울은 세상 무엇보다 정직해. 이건 틀림없이 내가 맞아. 다른 사람들이 하는 말은 다 거짓이야. 아! 나의 진짜 모습이 어떤지 좀 더 일찍 알았더라면 저 사람과 결혼하지 않았을 텐데. 남편은 나랑 전혀 어울리지 않는 사람이야. 내 상대가 되려면 아주 잘생기고 늠름한 기사 정도는 됐어야 하는데……."

그때 나는 아내가 왜 그런 말을 하는지 궁금해서 더 이상 참을 수가 없었다. 그래서 우연히 그녀의 뒤로 지나가는 척하면서 거울을 슬쩍 들여다보았다. 순간, 나는 엄청난 비밀을 알게 되었다. 거울 속에는 내가 생전 처음 보는 미모의 여인이 있었던 것이다. 여인은 더없이 우아하고 기품이 넘치는 아름다움을 지니고 있었으

며, 첫눈에 나를 사랑에 빠지게 만들었다.

하지만 거울 앞에 마주앉은 사람은 지독하게 못생긴데다 매력이라고는 찾아볼 수 없는 내 아내가 아닌가! 이게 도대체 어떻게 된 일이지? 나는 눈앞에서 벌어진 상황을 도무지 이해할 수가 없었다. 그것은 결코 있을 수 없는 일이었다.

나는 한참 동안 거울을 살피다가 진짜 비밀을 알아냈다. 그것은 굽은 거울에 비친 아내의 얼굴이 제멋대로 비틀어져서 원래 얼굴과 완전히 다르게 보이는 것이었다.

이제 아내와 나는 똑같이 거울에서 눈을 떼지 못한다. 거울 속에서 나는 괴상망측한 모습을 하고 있다. 코는 왼쪽 뺨에 가서 붙어 있고, 턱은 두 갈래로 갈라져서 양쪽으로 움직인다. 그러나 거울 속의 아내는 눈부시게 아름답다.

거울을 들여다볼 때마다 나는 우스꽝스러운 내 모습에 미친 듯이 웃어 댄다. 그리고 아내는 자신의 얼굴을 어루만지며 나지막한 소리로 중얼거린다.

"아, 난 너무 아름다워!"

귀여운 여인

늘 사랑이 넘치는 올렌카!
마음씨 곱고 인정이 많은데다 상냥한
웃음을 짓는 올렌카를 마을 사람들 누구나
좋아하지요. 하지만 이런 올렌카에게
연이어 불행이 닥치는데…….

올렌카는 퇴직한 하급 관리인 플레만니코프의 딸이었다. 그녀는 집 앞 현관 계단에 앉아서 골똘히 생각에 잠겨 있었다. 검은 비구름이 이따금 눅눅한 바람과 함께 동쪽에서 몰려왔다.

"아이 더워. 파리는 또 왜 이렇게 들끓는 거야! 빨리 해가 져서 어두워지면 한결 나을 텐데……."

올렌카가 혼잣말을 하고 있을 때 건넌방에 세들어 살고 있는 쿠우킨의 목소리가 들렸다. 그는 찌볼리 야외 극장의 지배인으로 일하고 있었다.

"이런! 또 비가 올 모양이군. 허구한 날 비가 쏟아지면 극장은 문을 닫으라는 건가? 이놈의 비 때문에 지금까지 입은 손해가 얼만데. 이대로 가다가는 곧 망할 판이군."

쿠우킨은 하늘을 올려다보며 씩씩거리다 올렌카를 발견하고 두 손을 들어 보였다. 그러고는 계속해서 불평을 늘어놓았다.

"제가 하는 일이 이렇다니까요. 뭘 좀 해 보려고 죽을힘을 다해서 애를 써도 소용이 없으니 말이에요. 우선 극장에 오는 손님들이 야만인들이나 마찬가지로 무식한 게 문제예요. 나는 최고의 가수들을 섭외해서 오페레타나 무언극(말은 하지 않고 몸짓과 표정만으로 표현하는 연극) 공연을 해 주는데 관객들이 그 내용을 도무지 이해를 못 한단 말이에요. 그 사람들은 어릿광대가 나오는 수준 낮은 공연에만 열광하지요. 게다가 날씨까지 도움을 안 주는군요. 매일 저녁마다 비가 오니 사람들이 극장에 올 생각이 들겠어요? 5월 10일부터 시작해서 6월 한 달 내내 장마라니 기가 막힐 뿐입니다. 관객들은 얼씬도 하지 않는데 극장 사용료나 배우들 출연료는 꼬박꼬박 줘야 하니 이게 말이 됩니까?"

쿠우킨의 말대로 다음 날 저녁 또다시 검은 구름이 잔뜩 몰려왔다. 그는 이제 거의 정신이 나간 사람처럼 미친 듯이 웃으며 하늘에 대고 소리쳤다.

"하하하, 정말 어처구니가 없군. 그래, 좋아. 퍼부을 테면 얼마든지 퍼부어 보라지. 홍수가 나서 극장이 통째로 물에 잠기고, 나도 그 물속에 빠져서 허우적거리도록 실컷 퍼부어 보란 말이야. 사는 동안에도 날 그렇게 괴롭히더니 죽어서까지 나를 못살게 할 모양이군. 될 대로 되라고 해. 배우들이 출연료를 제때 주지 않는다고 나를 고소해도 좋아. 재판을 받으면 뭐 별건가? 재판관이 날 시베리아로 유배를 보내도 좋고, 교수대에 매달아도 상관없어. 난 이제 아무것도 무서울 게 없단 말이야."

안타깝게도 그 다음 저녁에도 전날과 거의 비슷한 광경이 연출되었다.

올렌카는 마치 제 일인 양 안타까워하며 쿠우킨의 넋두리를 조용히 듣고 있었다. 때로는 감정이 복받쳐서 눈물을 글썽거리기도 했다. 그렇게 하루하루 시간이 흐르는 동안 그녀는 쿠우킨에게 차츰 마음을 빼앗기기 시작했다. 그리고 얼마 후에는 깊이 사랑하게 되었다.

사실 쿠우킨의 생김새는 초라하고 볼품없었다. 키는 작달막한 데다 몸집은 안쓰러울 만큼 여위었고, 얼굴빛 또한 어두웠다. 하지만 올렌카의 눈에 그는 더없이 순결하고 고결하게 보였다.

올렌카는 마음에 늘 사랑이 넘치는 여자였다. 그래서 항상 누군가를 사랑하고 있었다. 어렸을 때는 아버지를 무척 따랐고, 2년에 한 번쯤 만나는 작은어머니를 사랑했다. 여학교 다니던 시절에는 프랑스어 선생님을 사랑했다. 그녀는 마음씨가 곱고 인정이 많은 데다 무척 밝고 귀여운 인상을 풍겼다. 얼굴에는 늘 상냥한 웃음을 짓고 있었기 때문에 더더욱 사랑스러워 보였다.

그녀를 처음 본 남자들은, "음, 그 아가씨 참 괜찮게 생겼네."라면서 자기들끼리 웃곤 했다. 여자들조차도, "아가씨, 어쩜 이렇게 귀여우실까! 함께 얘기를 나누고 있으면 무척 사랑스러워 정신을 차릴 수가 없군요." 하면서 그녀의 손을 어루만졌다.

올렌카가 사는 집은 도심에서 조금 떨어진 곳에 있었다. 그곳에서 그녀는 태어날 때부터 죽 살았다. 지금 건강 상태가 안 좋아서 방에만 누워 있는 아버지의 유언장에는 그 집을 그녀에게 물려주 겠다는 내용도 적혀 있었다. 그 집은 쿠우킨이 일하는 찌볼리 야 외 극장과 아주 가까워서 매일 밤늦도록 음악 소리와 폭죽 소리가 들려왔다. 저녁 무렵, 그 소리가 들리기 시작하면 올렌카는 최선 을 다해 자기 인생을 살고 있는 쿠우킨을 떠올리며 혼자서 사랑을 키워 갔다.

그녀는 새벽녘에 쿠우킨이 돌아올 때까지 잠자리에 들지 않고 기다렸다. 그러다 그가 돌아오면 창문을 두드리며 상냥한 미소를 지어 보였다. 그렇게 두 사람은 서서히 가까워졌고, 더 깊이 사랑 하게 되었다.

얼마 후, 쿠우킨은 올렌카에게 청혼을 했고, 그들은 결혼을 했다.

"올렌카, 당신은 정말 귀여운 여인이야."

쿠우킨은 올렌카를 그윽한 눈길로 바라보며 이렇게 중얼거렸 다. 그때마다 그녀는 행복에 겨운 표정을 지었다. 하지만 결혼을 한 뒤에도 쿠우킨의 얼굴은 여전히 어두웠다.

두 사람은 극장에서 함께 일하며 행복한 나날을 보냈다. 올렌카 는 입장권을 팔거나 극장 안의 잡다한 일을 거들어 주고, 계산서 를 정리했으며, 월급을 계산해 주기도 했다. 이후 그녀는 아는 사 람을 만나면 극장에서 상영되는 연극에 대한 예찬(훌륭하고 좋은 것

53

을 칭찬하고 찬양하는 것)을 늘어놓기 시작했다.

"인간은 연극을 통해서만 진짜 위안을 얻을 수 있어요. 연극을 가까이하면 누구나 교양 있고, 인정 많은 사람이 될 수 있지요."

"그건 관객이 연극의 내용을 이해해야 가능한 일 아닌가요? 제대로 이해하지도 못하는데 아무리 좋은 연극을 본다 한들 무슨 소용이 있겠어요?"

대부분의 사람들은 이렇게 되묻곤 했다.

"유치한 웃음이나 짓게 하는 어릿광대를 기대하는 사람들은 참된 예술을 이해하지 못해요. 어제도 굉장한 오페라 공연을 했는데 객석이 아주 텅 비다시피 했어요. 정말 안타까운 일이에요."

그녀는 남편이 평소에 하던 말을 그대로 따라 하며 사람들을 설득시키려고 애썼다. 거기에서 그치지 않고 나중에는 연습 무대에 직접 끼어들어서 배우들의 포즈를 잡아 주고, 악사들의 몸짓을 지시하기도 했다. 지방 신문에 남편의 연극에 관한 나쁜 평이 실리면 눈물을 펑펑 쏟으며 슬퍼했고, 신문사를 직접 찾아다니며 잘못된 평을 바꿔 보려고 애썼다.

그런 그녀를 많은 사람들이 좋아했다. 극장의 배우들도 그녀를 '귀여운 여인'이라고 부르면서 무척 따랐다. 올렌카는 인정이 많아서 손해를 보면서도 배우들에게 돈을 나눠 주었고, 누군가 약속을 지키지 않았을 때에도 남편에게 일러바치지 않은 채 혼자 조용히 눈물지었다.

겨울이 되면서 야외 극장은 큰 공연 대신 소러시아에서 들어온 작은 규모의 극단이나 마술사들, 시골 아마추어 연극 동호회 등에 자리를 빌려주었다. 매사에 긍정적이고 밝은 성격의 올렌카는 날이 갈수록 표정이 밝아지고, 몸에는 통통하게 살이 올랐다. 하지만 쿠우킨은 점점 더 살이 빠지고, 얼굴이 어두워졌다. 계산을 해보면 큰 공연을 할 때보다 경기가 크게 나빠진 것도 아닌데 툭하면 손해가 막심하다며 투덜거렸다. 그리고 밤이 되면 기침이 떨어지지 않아서 밤새 쿨럭대느라 잠을 설쳤다. 올렌카는 그런 남편을 언제나 다정하게 대했다. 기침에 좋은 차를 날마다 달여 먹이고, 수시로 목을 따뜻하게 찜질해 주었다. 그렇게 해도 안 될 땐 자신의 숄을 벗어서 따뜻하게 덮어 주며 이렇게 속삭였다.

"난 당신이 참 좋아요. 당신은 정말 좋은 분이에요."

그럴 때면 쿠우킨의 얼굴에도 희미하게나마 웃음이 번졌다.

봄이 되자 쿠우킨은 다시 공연을 시작해야 한다며 모스크바에 있는 극단을 찾아갔다. 혼자 남은 올렌카는 외로움에 잠을 이루지 못하고 밤마다 뒤척였다.

며칠 뒤, 쿠우킨이 보낸 편지가 도착했다.

올렌카, 내가 그곳을 떠나온 지도 벌써 여러 날이 지났군. 잘 지내고 있는지 모르겠네. 난 부활절까지는 돌아가려고 이곳에서 바쁘게 뛰어다니고 있으니 조금만 더 기다려 줘. 내가 갈 때까지 극장도 잘 알아서 운영하고, 무슨 일이 생기면 바로 연락해.

오늘따라 당신이 더 보고 싶군. 안녕, 내 사랑.

올렌카는 편지를 여러 번 반복해서 읽으며 외로움을 달랬다.

그런데 부활절을 일주일 앞둔 어느 날 밤, 누군가 요란하게 대문을 두드리는 소리가 들렸다. 올렌카는 뭔가 불길한 느낌이 들어서 가슴을 졸이며 밖으로 나갔다. 그녀보다 먼저 달려나간 하녀가 전보를 받아들고 들어왔다. 올렌카는 불안에 찬 얼굴로 부들부들 떨며 전보 용지를 건네받았다. 전보를 보낸 사람은 쿠우킨이 만나러 간 극단의 무대 감독이었다. 그녀가 떨리는 마음으로 펼친 종이에는 이런 내용이 씌어 있었다.

이반 페트로비치, 오늘 갑작스럽게 사망. 장례식은 화요일.

"오, 여보! 이게 대체 무슨 일이에요!"

올렌카는 그 자리에 털썩 주저앉아서 흐느껴 울었다. 너무도 갑작스러운 이별에 그녀는 할 말을 잃었다. 하지만 사랑하는 남편의 장례식에 빠질 수는 없었다.

올렌카는 가까스로 정신을 차리고 모스크바에 가서 장례식을 치른 후 수요일에 돌아왔다. 그때부터 그녀는 침대에 얼굴을 파묻고 목놓아 울었다. 서러운 울음소리는 몇날 며칠을 끊이지 않고 이어졌다.

"참, 가엾기도 하지."

이웃 사람들은 그녀의 울음소리를 들으며 안타까워했다. 그들은 사랑스러운 올렌카가 슬픔에 빠져서 건강을 해칠까 봐 진심으로 걱정했다.

어느새 석 달이 지나갔다. 올렌카는 여전히 슬픔에 잠긴 채 교회에 가서 미사에 참석했다가 집으로 돌아왔다. 마침 이웃에 사는 바실리 안드레이치 푸르토발로프도 교회에서 돌아오다가 우연히 그녀와 마주쳤다. 푸르토발로프는 바바카예프라는 목재상의 주인이었다. 그는 차분한 목소리로 먼저 말을 걸었다.

"올렌카, 세상의 모든 일은 주님의 뜻에 따라 정해진 거라고 하더군요. 우리에게서 사랑하는 사람을 데려가는 것도 주님의 뜻이라면 슬픔을 참고 받아들여야 하지 않을까요?"

그 말에 올렌카는 애써 웃음을 지어 보였다. 푸르토발로프는 대문 앞까지 그녀를 바래다주고 다정한 인사를 건넨 뒤에 돌아갔다.

이후 올렌카는 침착하면서도 위엄 있는 그의 목소리가 줄곧 귓가에 맴돌고, 눈을 감으면 그의 인자한 얼굴이 떠올라서 자기도 모르게 웃음을 짓곤 했다. 얼마쯤 더 지났을 때 그녀는 자신이 또다시 사랑에 빠졌다는 걸 알았다.

그러던 어느 날, 평소에 조금 알고 지내는 이웃집 부인이 집으로 찾아왔다. 그녀는 차를 한잔 하고 싶다며 들어와서는 의자에 앉자마자 말했다.

"푸르토발로프 씨 있잖아요. 그분은 정말 착실하고 믿음직스러운 사람이에요. 그런 남자랑 결혼하면 절대로 후회할 일은 없을 거예요. 요즘 내가 본 신랑감 중에 최고예요."

그녀는 푸르토발로프에 대해 침이 마르도록 칭찬을 늘어놓았다. 올렌카는 발그레해진 얼굴로 가만히 듣고만 있었다. 짐작일 뿐이지만 부인은 푸르토발로프의 부탁을 받고 일부러 찾아온 게 틀림없는 듯했다. 올렌카는 그도 자신에게 관심을 갖고 있다는 사실에 몹시 기뻤다.

그로부터 사흘이 지났을 때 푸르토발로프가 직접 찾아왔다. 그는 십여 분 정도 머물며 짧은 인사를 주고받고 돌아갔지만 올렌카는 넘치는 사랑을 느꼈다. 그녀는 그를 너무도 깊이 사랑해서 밤에 잠을 이루지 못할 지경이었다. 열병에 걸린 사람처럼 며칠이나 얼굴이 달떠 있던 그녀는 결국 하녀에게 이웃집 부인을 다시 불러 오도록 했다. 부인은 기다렸다는 듯이 달려왔고, 올렌카와 푸르토발로프 사이를 오가며 다리를 놓아서 곧 결혼까지 성사시켰다.

올렌카는 새 남편이 된 푸르토발로프와 아주 행복한 나날을 보냈다. 그녀는 오후에 일을 보러 나가는 남편 대신 목재상에 앉아서 계산서를 작성하기도 하고, 목재를 팔기도 했다. 목재를 사러 온 사람들은 그녀와 즐거운 대화를 나누느라 시간 가는 줄 몰랐다. 그녀는 아주 오래전부터 목재상을 해 온 것처럼 자연스럽게 목재에 관한 이야기를 했고, 목재상의 어려움이나 이익에 대해서도 솔직하게 털어놓았다. 이제 자나 깨나 그녀의 머릿속에는 목재 생각밖에 없었다. 예전에는 관심조차 없었던 대들보, 통나무, 서까래, 판자, 각재(원목을 네모 모양으로 잘라 놓은 목재), 톱밥 따위의 말들이 아주 자연스러운 일상 용어가 되었을 정도였다.

올렌카와 푸르토발로프는 마음이 잘 통하는 부부였다. 두 사람은 성격이나 취향이 비슷해서 부딪힐 일이 별로 없었고, 휴일이면 하루 종일 집에 틀어박혀 있는 걸 좋아했다. 토요일이면 함께 저녁 기도에 참석했고, 주일 아침에는 나란히 미사에 다녀왔다. 일주일에 한 번씩 목욕탕에 갈 때도 팔짱을 끼고 다정하게 걸어가는

모습을 볼 수 있었다. 이웃 사람들은 행복한 부부를 보면서 저절로 미소를 지었다.

"다른 모든 분들도 우리 부부처럼 행복하게 해 달라고 늘 기도한답니다."

올렌카는 이웃 사람들을 만날 때면 더없이 상냥한 얼굴로 이렇게 말하곤 했다. 그 말을 들은 사람들은 기분 좋은 웃음으로 대답을 대신했다.

그런 두 사람이 이따금 헤어져서 지내야 할 때가 있었다. 푸르토발로프가 목재를 구입하러 모길레프에 다녀오는 동안이었다.

남편이 떠나고 나면 올렌카는 외로움을 견디지 못해 밤새 눈물만 흘렸다. 그럴 때면 그녀의 집에 방 한 칸을 빌려 쓰고 있는 스미르닌이 와서 친구가 되어주곤 했다.

스미르닌은 군부대에서 근무하는 수의관(가축, 특히 군견이나 군마 등의 진료를 맡아 하는 장교)이었다. 그는 올렌카와 함께 이야기를 나누고 트럼프를 하기도 했는데 그녀에게는 무척 큰 위로가 되었다. 그렇게 지내는 동안 두 사람은 빠르게 가까워져서 서로의 집안 얘기도 자연스럽게 털어놓았다.

"전 아내와 아들이 있어요. 지금은 헤어져서 함께 지내지 못하지만요."

어느 날 밤, 스미르닌이 쓸쓸한 얼굴로 말했다.

"어머나! 그러셨군요. 사랑하는 사람들과 헤어져 있다는 건 크나큰 고통이죠."

올렌카는 이마를 찡그리며 안타까운 표정을 지었다.

"제 아내가 행실이 별로 좋지 않은 여자라서 헤어질 수밖에 없었어요. 그래서 부인과 푸르토발로프 씨를 보면 얼마나 부러운지 몰라요."

"오, 저런! 주님께서 스미르닌 씨에게 은총을 베풀어 주시길 기도하겠어요. 그리고 아드님을 봐서라도 부인과 꼭 화해하시길 바라요. 어린 아들의 마음이 가장 크게 상처를 받았을 테니까요."

올렌카는 진심으로 그를 위로해 주려고 애썼다. 스미르닌은 가벼운 미소로 화답하고 돌아갔다.

푸르토발로프가 돌아오자마자 그녀는 스미르닌의 집안 얘기를 들려주었다. 두 사람은 똑같이 한숨을 내쉬며, 아버지와 떨어져서 지내는 아이를 가여워했다. 그러다 십자가 앞에 무릎을 꿇고 앉아서 자신들도 하루 빨리 아이를 갖게 해 달라고 기도했다.

올렌카 부부는 6년이 지나도록 말다툼 한 번 하지 않고 서로를 깊이 사랑하며 평화로운 나날을 보냈다. 아이가 없는 것도 두 사람을 불행하게 만들지는 못했다. 서로를 아끼고 사랑하는 마음만으로도 충분히 행복했기 때문이다.

그런데 어느 해 겨울, 두 사람이 사무실에서 뜨거운 차를 마시고 있을 때였다. 마침 창밖으로 일꾼들이 창고에서 목재를 실어내는 모습이 보였다.

"올렌카, 내가 직접 가서 목재를 한 번 더 확인해야 하니 잠깐만 기다려요."

푸르토발로프가 찻잔을 내려놓으며 말했다.

"추운데 외투랑 모자를 걸치고 나가도록 해요."

"잠깐이면 되니 걱정 말아요."

푸르토발로프는 싱긋 웃으면서 대꾸하고는 그대로 달려 나갔다.

그날 밤, 그는 심한 감기에 걸려서 앓아눕고 말았다. 감기가 어찌나 지독한지 밤새 몸을 덜덜 떨었고, 열이 펄펄 끓었다. 올렌카는 깜짝 놀라서 이름난 의사들을 차례대로 불러왔다. 하지만 며칠이 지나도록 병세는 조금도 나아지지 않았다. 그는 꼬박 넉 달간 누워서 앓다가 세상을 떠났다. 올렌카는 또다시 혼자 남겨졌다.

"여보, 나를 두고 어디로 가신 거예요! 당신 없이 내가 어떻게 살아갈 수 있겠어요! 여보, 여보!"

그녀는 장례식이 끝난 후에도 날마다 통곡을 하며 남편 이름을 목놓아 불렀다.

이후로 그녀는 검은 옷을 입고 집 안에만 틀어박혀서 지냈다. 교회나 남편의 무덤에 가는 때를 제외하고는 밖으로 나오는 일이 한 번도 없었다. 올렌카의 하루하루는 수도원에서 지내는 수녀와 거의 비슷했다.

여섯 달이 지난 후에야 그녀는 슬픔을 어느 정도 털어 내고 검은 옷을 갈아입었다. 그동안 한결같이 굳게 닫혀 있던 덧문도 활짝 열어젖혔다. 가끔 하녀와 함께 시장에 가는 모습도 볼 수 있었다. 하지만 그녀가 집 안에서 어떻게 지내는지 아는 사람은 아무도 없었다. 그저 그녀가 뜰에서 수의관과 차를 마시거나, 그가 그녀에게 신문을 읽어 주었다는 소문 따위만 떠돌 뿐이었다. 그리고 머지않아 그 소문이 사실이라는 게 드러났다. 그녀가 수의관이 평소에 자주 하던 말을 되새김질하듯 그대로 따라하기 시작한 것이었다.

"우리 지역에서는 가축들이 제대로 관리되고 있지 않아요. 그래서 이런저런 질병들이 자꾸 생겨나는 거예요. 가축들의 질병이 결국 사람에게 옮겨진다는 건 뻔한 일인데 다들 구경만 하고 있으니 정말 큰일이에요."

어느 날부터인가 그녀는 이런 말들을 아무렇지 않게 되풀이했다. 가축에 관한 얘기뿐 아니라 다른 모든 문제에 대해서도 그녀는 언제나 수의관과 똑같은 의견을 내보였다. 사람들은 그것만으로도 두 사람 사이에 깊은 애정이 싹트고 있다는 것을 충분히 짐작할 수 있었다. 누군가를 사랑하지 않고는 단 한 순간도 살 수 없는 올렌카가 건넌방에 사는 수의관과 새로운 사랑을 시작했다는 건 조금도 어색한 일이 아니었다. 이웃 사람들조차도 그녀가 사랑에 빠진 것을 너무도 당연한 일로 받아들였다.

사실 올렌카와 수의관은 사랑하는 사이가 되었다는 것을 다른 사람들에게 밝히고 싶지 않았다. 하지만 올렌카는 너무도 순수해서 자신의 속마음을 숨길 수 없는 여자였다. 그녀는 수의관과 같은 부대에서 근무하는 친구들이 찾아오면 직접 나가서 차와 간식을 챙겨다 주었고, 그들과 한자리에 앉아서 즐거운 시간을 보냈다. 그럴 때마다 그를 바라보는 그녀의 눈길은 사랑으로 가득 차 있었다. 그녀의 눈을 본 사람들은 누구도 두 사람의 사랑을 의심하지 않았다.

새로운 사랑을 찾은 올렌카는 어느 때보다 행복했다. 하지만 그 행복은 그리 오래 가지 않았다. 수의관이 근무하는 부대가 먼 곳으로 옮겨 가게 된 것이다. 수의관은 아쉬운 작별 인사를 남기고 떠나 버렸고, 그녀는 또다시 혼자 남겨졌다.

이제 올렌카는 완전히 외톨이가 되었다. 병석에 누워 있던 아버지마저 세상을 떠나 버렸기 때문이다. 그녀의 귀엽고 사랑스럽던 얼굴은 어느새 볼품없이 야위었고, 그녀를 볼 때마다 미소를 짓던 이웃 사람들도 무표정하게 지나쳐 갔다. 젊고 아름답던 시절의 생기 넘치는 모습은 이제 어디에서도 찾아볼 수 없었다.

그녀는 해질 무렵이면 침울한 표정으로 현관 계단에 앉아 있곤 했다. 야외 극장에서는 여전히 음악 소리와 폭죽 소리가 울려 퍼졌지만 아무런 느낌도 받지 못했다. 그녀는 한동안 웅크리고 앉아 있다가 밤이 되면 어깨를 축 늘어뜨린 채 잠자리에 들었고, 식사 시간이면 마지못해 먹는 시늉만 했다.

그런데 그 모든 것들보다 그녀를 더 불행하게 만드는 것은 어떤 일에도 자신의 의견을 내놓지 않게 됐다는 사실이었다. 쿠우킨과 푸르토발로프, 수의관과 함께 지낼 때 그녀는 그들의 의견을 자신의 것처럼 생각하며 언제 어디서나 생기발랄하게 이야기를 늘어놓을 수 있었다. 그때는 상대방이 반대되는 의견을 제시할 때도 웃음 띤 얼굴로 얼마든지 받아칠 수 있는 재치와 자신감도 있었다.

하지만 지금 그녀는 사람들과 있는 자리에서 어떤 의견도 말하지 않았다. 그녀의 머리와 가슴속은 자신의 집 뜰처럼 텅 비어 버렸다. 그것은 정말 소름이 돋을 만큼 끔찍한 일이었다.

그 사이 시가지는 점점 넓어져서 올렌카가 살고 있는 집 근처도 큰 거리로 변했다. 찌볼리 야외 극장과 목재상이 있던 자리에는 집이 빼곡하게 들어서서 여러 갈래의 골목길이 생겨났다. 올렌카의 집은 주름진 그녀의 얼굴만큼이나 초라하게 기울어졌고, 제대로 돌보지 않은 뜰에는 잡초가 무성하게 자라났다. 그녀는 여전히 지난날의 추억을 곱씹으며 눈물로 세월을 보내고 있었다. 간혹 지나간 시절의 일들이 한꺼번에 되살아나는 날이면 그녀는 가슴이 미어질 듯한 고통으로 몹시 괴로워했다. 날마다 의미 없는 하루하루가 흘러갔고, 집안 살림도 하녀인 마브라가 대부분 알아서 했다.

무더위가 한창인 6월의 어느 저녁 무렵이었다. 집 앞으로 한 떼의 가축들이 먼지를 자욱하게 일으키며 지나간 뒤, 누군가 대문을 두드렸다.

"누구신가요?"

현관 계단에 맥없이 앉아 있던 올렌카가 천천히 걸어나가서 대문을 열었다. 순간, 그녀는 하마터면 정신을 잃고 쓰러질 뻔했다. 그곳에는 군복 대신 평상복을 차려입고, 머리가 희끗희끗해진 수의관이 서 있었다. 그녀는 한 마디도 못한 채 멍하니 서 있다가 알 수 없는 감정에 빠져서 그의 가슴에 머리를 파묻고 흐느껴 울었다. 그리고 한참 만에 복받치는 감정을 추스르고 나서 겨우 입을 열어 말했다.

"당신이 오셨군요. 어디 있다가 지금에야 저를 찾아오셨나요?"

"난 이곳에서 아주 눌러 살려고 왔다오. 군대에서 퇴직을 하고 이제부터는 하고 싶은 일을 하면서 살아 보려고 해요. 당신이 그렇게 걱정해 주던 아들 녀석은 학교에 들어갈 때가 됐고, 아내하고도 화해를 했지요."

"어머나! 정말 잘됐군요. 그럼 부인과 아이는 지금 어디에 있나요?"

올렌카는 몹시 기쁜 표정으로 물었다.

"내가 세들어 살 집을 구하러 다니는 동안 여관에서 기다리고 있지요."

그 말에 그녀가 눈을 동그랗게 뜨고 손을 내저으며 말했다.

"세들어 살 집을 구하신다니 말도 안 돼요. 그냥 우리 집에 와 계시면 될 텐데요. 혹시 우리 집이 마음에 안 들어서 그러시는 건가요? 그게 아니라면 당장 이곳으로 들어오세요. 집세는 한 푼도 받지 않을게요."

"정말 고마운 말이군요. 하지만 그건 너무 부담을 드리는 것 같아서……."

수의관은 고개를 절레절레 흔들며 말꼬리를 흐렸다.

"아니에요. 그런 생각하지 마세요. 어서 식구들을 데려와서 이쪽 안채를 쓰도록 해요. 난 방 한 칸이면 충분해요. 예전에 당신이 머물렀던 건넌방을 쓸게요. 저를 위해서 꼭 그렇게 해 주세요. 부탁이에요."

그녀가 하도 간곡하게 말해서 수의관도 더 이상 거절하지 않고 뜻을 받아들이기로 했다.

이때부터 올렌카의 얼굴에는 다시 생기가 돌기 시작했다. 그녀는 다음 날 아침부터 사람들을 불러 낡은 지붕과 벽에 페인트를 말끔하게 칠했다. 온 집안을 바쁘게 돌아다니며 하녀에게 일을 시키기도 했다. 그녀의 목소리는 무척 밝았고, 입가에는 웃음이 피어났다. 그것은 마치 오랜 잠에서 깨어난 듯 활기찬 모습이었다.

며칠 후, 수의관이 가족들을 이끌고 이사를 왔다. 그의 아내는 신경질적이고 까다로운 인상을 풍기는 여자였으며, 아들 사샤는 열 살이나 되었다고 보기 힘들 정도로 키가 작고 통통했다. 눈이 파랗고 양 볼에 보조개가 깊숙이 패인 귀여운 얼굴의 사샤는 뜰에 들어서자마자 고양이를 쫓아다니며 즐거워했다. 사샤의 경쾌한 웃음소리가 온 집안에 울려 퍼졌다. 올렌카가 황홀한 표정을 짓고 서 있을 때 사샤가 고양이를 안고 다가왔다.

"이거 아주머니 고양이 맞죠? 만약 이 고양이가 새끼를 낳으면 한 마리만 주시겠어요? 저희 엄마가 쥐를 제일 싫어하시거든요."

"그럼그럼. 얼마든지 줄 수 있지. 넌 참 귀여운 아이로구나."

올렌카는 사샤의 머리를 쓰다듬으며 어쩔 줄 몰라 했다. 그녀는 처음부터 사샤가 자신의 아이인 것처럼 친근한 느낌을 받았다. 그녀의 눈에는 사샤가 하는 모든 말과 행동이 사랑스럽고 대견하게만 보였다.

학교에 입학한 사샤는 저녁마다 책상 앞에 앉아서 책을 소리 내어 읽으며 그날 배운 것들을 복습했다. 올렌카는 그 소리를 들으며 조그맣게 따라했다.

"섬은 사면이 모두 바다로 둘러싸인 땅입니다."

"섬은 사면이 모두 바다로……."

그녀는 그 시간이 정말 행복했다. 그리고 사샤를 따라 공부를 하는 동안 수년간 텅 비어 버린 머리와 가슴속도 조금씩 채워져 갔다. 어떤 일에도 자신의 의견을 말하지 않던 그녀가 새로운 관심사를 찾고, 그것에 열정적으로 집중하게 된 것이다. 그녀의 모든 관심이 집중된 것은 바로 교육이었다. 밤이면 그녀는 수의관 부부와 마주앉아서 아이의 교육에 대해 많은 얘기를 나누었다.

"중학교에서는 기술을 가르치는 과목보다 기초적인 고전을 공부하는 과목에 더 집중해야 해요. 고전이 아이들한테 좀 어려울 수는 있지만 장래를 위해서는 그게 훨씬 좋은 공부예요. 기술 공부는 중학교를 졸업한 후에 자신의 진로를 정하고 나서 해도 늦지 않으니까요."

올렌카는 언제나 사샤에게 가장 좋은 교육 방식이 어떤 것인지 고민하며 적극적으로 자신의 의견을 제시했다. 그럴 때의 그녀는 젊은 시절 깊은 사랑에 빠졌을 때와 흡사한 표정을 지었다.

몇 년 뒤에 사샤는 중학교에 들어갔다. 그 무렵, 수의관의 아내는 하리코프에 있는 언니 집에 가서 돌아오지 않았고, 수의관은 가축 검사를 하러 각 지역으로 돌아다니느라 며칠씩 집을 비웠다. 부부에게 사샤는 거의 버림받은 처지나 마찬가지였다. 두 사람은 아이가 거추장스러운 짐이나 되는 것처럼 무심하게 방치했다. 올렌카는 발을 동동 구르면서 안타까워했다. 그러다 결국 아이를 안채에서 데려와 자신이 거처하는 방 옆에 딸린 작은 방에 머물도록 했다.

올렌카는 아이를 엄마보다 더 살뜰히 챙겼다. 반 년쯤 지났을 땐 친엄마보다 더 가까운 사이가 되었다고 느낄 정도였다.

그녀는 아침에 눈을 뜨면 제일 먼저 사샤가 자고 있는 옆방으로 건너갔다. 그리고 잠깐 동안 아이를 애처롭게 바라보다가 아이를 깨웠다

"사센카, 그만 일어나야지. 학교에 갈 시간이란다."

사샤는 힘겹게 눈을 뜨고 일어나서 옷을 갈아입고 아침 기도를

드린 다음 식탁에 앉았다. 그때까지도 잠이 덜 깼기 때문에 늘 뾰로통한 얼굴이었다. 올렌카는 그런 사샤를 사랑스러운 눈으로 바라보며 계속해서 말을 시켰다.

"사센카, 너 어제 선생님이 내준 숙제를 제대로 다 하지 않은 것 같더구나. 그러면 안 되는데……. 난 항상 네가 걱정이야. 공부도 열심히 하고, 선생님 말씀도 잘 들어야 한다. 알겠지?"

"아이 참, 그런 소리는 제발 그만 좀 하세요."

사샤는 그녀의 말이 모두 잔소리로 들리는지 이렇게 짜증을 부리곤 했다. 그래도 올렌카는 조용히 웃기만 했다.

사샤가 학교에 갈 준비를 다 끝내고 집을 나서면 올렌카도 그 뒤로 슬금슬금 따라나섰다. 그녀는 아이가 혼자 큰길을 걸어가는 걸 몹시 불안해했다. 그래서 대추나 캐러멜 따위를 건네며 교문 앞까지 줄곧 따라갔다.

"아주머니는 아직도 제가 어린앤 줄 아시나 봐요. 이젠 나 혼자서도 얼마든지 갈 수 있으니까 그만 돌아가세요."

사샤가 매일 아침 애원하듯 말했지만 올렌카는 듣지 않고 아이가 교문 안으로 완전히 사라질 때까지 물끄러미 바라보았다. 그녀는 아이를 무척이나 사랑했기 때문에 한시도 떨어져 있고 싶지 않은 것이었다. 과거에 몇 번 사랑에 빠진 경험이 있었지만 그녀가 사샤처럼 깊은 애정을 쏟았던 대상은 아무도 없었다. 그 사랑은 날이 갈수록 깊어져서 자신의 영혼까지도 바칠 수 있다고 생각하는 경지에 이르렀다. 피 한 방울 섞이지 않은 어린 소년에게 그토록 헌신하는 까닭을 그녀 자신조차도 잘 알지 못했다.

사샤를 바래다주고 집으로 돌아가는 올렌카의 얼굴에서는 만족스러운 웃음이 피어났다. 이 아이와 함께 지낸 2년 반 동안 그녀는 한결 젊어졌다. 길에서 만나는 사람들도 그녀가 예전의 귀엽고 사랑스러운 시절로 돌아간 것 같다는 생각을 하며 다정하게 말을 걸곤 했다.

"오! 귀여운 올렌카! 요즘은 어떻게 지내고 있나요?"

그러면 그녀는 곧바로 자신이 집중하고 있는 문제에 대해서 이야기를 늘어놓았다.

"요새 중학교 공부가 무척 어려워진 것 같아요. 어제는 겨우 1학년밖에 안 된 아이들에게 우화를 외우고, 라틴어를 번역하는 숙제를 냈지 뭐예요. 게다가 어려운 수학 문제까지……. 에휴, 참. 그게 어디 말이나 될 일이에요? 아직 어린애들한테 그렇게 큰 부담을 주다니 선생님도 참 너무해요."

올렌카는 학교와 선생님들, 교과목 등에 대해서 사샤가 평소에 했던 얘기를 앵무새처럼 떠들어 댔다. 누구를 만나든 그녀의 입에

서 나오는 말은 거의 비슷한 내용이었다.

집에 돌아와서 늦은 점심을 먹고 나면 집안일을 하며 사샤를 기다렸다. 그리고 아이가 돌아오면 옆에 붙어 앉아서 예습이나 복습을 함께 하느라 땀을 뺐다. 하지만 그녀는 조금도 힘들지 않았다. 오히려 잠자리에 들 때마다 성호를 그으며 하루를 감사드리는 기도를 드렸다.

자리에 누운 뒤에도 그녀의 머릿속에는 사샤에 대한 생각이 떠나지 않았다. 그녀는 사샤가 대학을 졸업한 뒤에 의사나 기술자로 성공해서 좋은 집에 살며, 결혼해서 자식을 낳는 상상에 빠져들었다. 눈을 감고 그런 상상을 하다 보면 자기도 모르게 눈물을 흘리곤 했다. 사샤의 모든 것이 그녀에게는 더없이 고마운 축복이었기 때문이다.

그러던 어느 날이었다. 밤중에 갑자기 대문을 쾅쾅 두드리는 소리가 들렸다. 올렌카는 깜짝 놀라서 벌떡 일어나 앉았다. 뭔가 또다시 나쁜 소식이 날아드는 게 아닐까 하는 생각에 금방이라도 숨이 막힐 것만 같았다. 그녀가 불안한 마음을 애써 진정시키고 있을 때 하녀가 전보를 가지고 들어왔다.

"사샤의 엄마가 아이를 하리코프로 보내라는구나. 아! 이 일을 어쩌면 좋을까!"

올렌카는 탄식하듯 중얼거리며 전보 용지를 바닥에 떨어뜨렸다. 온몸이 그 자리에 얼어붙는 듯한 기분이었다.

"세상에서 나보다 더 불행한 사람은 없을 거야!"

그녀는 절망적인 목소리로 울먹거렸다. 그런데 잠시 후, 밖에서 귀에 익은 목소리가 들려왔다

"올렌카, 그동안 잘 지냈소?"

목소리의 주인공은 바로 수의관이었다. 일을 하러 유럽 쪽에 갔던 수의관이 바로 그 시각에 돌아온 것이었다.

"오! 드디어 돌아오셨군요."

올렌카는 잃어 버렸던 가족을 다시 만난 것처럼 반가워했다. 하지만 수의관과 인사를 나누는 동안에도 그녀의 신경은 온통 사샤에게만 쏠려 있었다.

수의관이 자기 방으로 돌아간 뒤에 올렌카는 옆방에서 잠들어 있는 사샤 생각을 하며 조용히 자리에 누웠다. 밤늦도록 잠을 이루지 못하고 뒤척이는 그녀의 귓가에 이따금 사샤의 앙증맞은 잠꼬대가 들려왔다.

"난 싫어. 저리 가란 말이야. 날 때리지 마, 제발……."

실패

이게 무슨 일이지? 뭔가 이상해.
혹시 내가 이 사람들한테 걸려든 게 아닐까!
나를 나타센카와 결혼시키려고 일부러 일을
꾸몄는지도 모르겠어. 그렇다면 끝장이잖아.
지금이라도 도망쳐야 한단 말인가!

일리야 세르게이치 페플로프는 아내와 함께 문 옆에 매달려서 온 정신을 집중하고 있었다. 방 안의 소리를 엿듣는 것이었다. 안에서는 지방 공립 학교 교사로 일하고 있는 슈프킨과 그들의 딸 나타센카가 서로에게 사랑을 고백하는 것 같았다.

"여보, 어떤 것 같아요?"

"지금까지는 잘되어 가고 있는 모양이야."

페플로프가 두 손을 마구 비벼대며 속삭였다. 그는 안절부절못한 채 귀를 문에 바짝 붙이고 있다가 아내에게 다시 말했다.

"여보, 안에서 들리는 말을 한 마디도 놓치지 말고 잘 들어야 해. 두 사람이 속마음을 솔직하게 털어놓고 서로의 사랑을 확인하면 우린 즉시 벽에 걸린 성상(그리스도나 성모의 상)을 떼어 들고 안으로 뛰어 들어가는 거야. 성상이 지켜보는 앞에서 축복을 해 주면 어떤 일이 있어도 사랑이 깨지지 않는다고 했거든."

"네, 알았어요."

페플로프의 말에 아내는 몹시 흥분된 얼굴로 그의 손을 꼭 잡았다. 두 사람은 안에서 나는 말소리를 좀 더 잘 들으려고 문에 거의 달라붙다시피 했다. 그들은 나타센카와 슈프킨의 사랑 고백이 성공하리라는 데 한 치의 의심도 없었다.

한편 방 안에서는 이런 대화가 오가고 있었다. 먼저 슈프킨이 말했다.

"나타센카, 제발 그만 좀 해요. 난 정말 당신에게 편지를 쓴 적이 없단 말이오. 정말이라니까요."

슈프킨은 난감한 표정으로 나타센카를 향해 단호히 말했다.

"당신이 부끄러워서 그런다는 걸 다 알고 있어요. 제가 당신 글씨도 못 알아볼 줄 아세요? 호호호."

나타센카는 거울에 비친 자신의 모습을 힐끔힐끔 쳐다보며 쇳소리 섞인 웃음을 쏟아냈다. 그녀는 장난기 어린 표정으로 다시 입을 열었다.

"난 당신 글씨체를 금방 알아봤어요. 그런데 참 이상해요. 당신은 학교에서 학생들한테 글씨를 정확하게 쓰는 정서법을 가르친다면서 어쩜 글씨가 그렇게 엉망인 거죠?"

"정서법 수업에서 글씨체는 중요한 게 아니에요. 정서법의 목적은 학생들이 철자를 잊어버리지 않고 오래 기억하게 하는 거예요. 네크라소프라는 유명한 작가도 좋은 작품을 많이 썼지만 글씨체는 엉망이었소."

슈프킨이 난처한 듯 얼굴을 붉혔다.

나타센카는 어린애처럼 까르륵 웃었다.

"네크라소프는 네크라소프고, 당신은 당신이죠. 안 그래요? 아!

제가 작가와 결혼하게 되면 얼마나 행복할까요? 그는 나를 위해 언제든 시를 써 줄 테니 말이에요."

나타센카는 마치 꿈을 꾸고 있는 듯한 표정을 지으며 말했다.

"시를 쓰는 건 나도 얼마든지 해 줄 수 있소. 내가 쓴 시를 읽으면 당신은 아마 정신을 못 차릴 거요. 어쩌면 감격해서 눈물을 펑펑 쏟을지도 모르지. 내가 정말로 시를 써서 바치면 당신 손에 입을 맞출 수 있게 해 주겠소?"

슈프킨은 그윽한 눈길로 나타센카를 바라보며 무척 조심스럽게 물었다.

"그게 뭐 어려운 일인가요? 원하신다면 지금 당장 제 손에 입을 맞춰도 돼요."

나타센카가 아무렇지 않게 말하자 슈프킨은 곧바로 자리에서 벌떡 일어났다. 그리고 그녀의 포동포동하고 자그마한 손을 조심스럽게 잡았다.

바로 그 순간 문밖에 있던 페플로프가 팔꿈치로 아내를 툭 치며 다급하게 소리쳤다.

"여보, 어서 저 성상을 떼어 와. 빨리."

"아, 성상! 알았어요."

아내는 기다렸다는 듯이 순식간에 달려가서 성상을 떼어 왔다.

두 사람은 단 몇 초 만에 모든 준비를 끝내고 문을 활짝 열어젖히며 말했다.

"애들아, 하느님이 너희들의 사랑을 축복해 주실 거야. 오! 나의 사랑스러운 천사들. 행복하게 잘살고, 아이도 많이 낳으려무나. 우리 두 사람도 너희들을 축복한다."

페플로프는 두 손을 번쩍 치켜들고 눈물까지 글썽거리며 중얼거렸다. 그의 아내도 행복에 겨운 눈물을 흘리며 말했다.

"너희들을 축복한다. 진심으로……."

그녀는 감격에 차서 더 이상 말을 잇지 못했다.

"여보게, 자네는 내 하나뿐인 보물을 빼앗아 가는군. 난 자네가 내 딸을 사랑하고 아껴주리라는 걸 믿네. 잘살게나."

페플로프는 고개를 끄덕이며 흐뭇하게 말했다.

하지만 슈프킨은 갑작스러운 침입자들을 보고 놀라서 그때까지 입을 다물지 못하고 있었다. 두 사람이 너무 적극적으로 밀어붙이는 바람에 그는 거의 넋이 나갈 지경이었다.

'이게 무슨 일이지? 뭔가 이상해. 혹시 내가 이 사람들한테 걸려든 게 아닐까! 나를 나타센카와 결혼시키려고 일부러 일을 꾸몄는지도 모르겠어. 그렇다면 끝장이잖아. 지금이라도 도망쳐야 한단 말인가!'

슈프킨은 속으로 온갖 불길한 생각에 사로잡혔다. 그는 두려움에 빠진 속마음을 들킬까 봐 머리를 숙였다. 그런데 그것은 오히려 '당신들의 뜻에 따르겠습니다.' 하고 공손하게 머리를 조아리는 것처럼 보였다.

페플로프는 흡족한 얼굴로 여전히 눈물을 흘리며 말했다.

"축복을 비네. 자, 자! 나타센카, 이리 와서 둘이 나란히 서 보렴. 여보, 당신은 어서 성상을 줘."

그러자 그의 아내가 엄숙한 표정을 지으며 조심스럽게 성상을 건넸다. 그런데 성상을 받아든 페플로프가 얼굴을 심하게 일그러뜨린 채 소리를 꽥 질렀다.

"이런, 멍청한 여편네 같으니라고. 당신 정신이 나간 것 아니야? 이게 뭐야. 이게 무슨 성상이냐고!"

페플로프가 거친 숨을 내쉬며 아내가 건네준 성상을 다시 내 보였다. 거기에는 성상이 아니라 라줴츠니코프라는 작가의 초상화가 들어 있었다. 그의 아내가 너무 급하게 서두르느라 성상 옆에 있던 초상화를 잘못 떼어 낸 것이었다.

"아, 이게 왜……."

당황한 부부는 초상화를 들여다보며 우두커니 서 있었다. 두 사람은 무슨 말을 해야 할지, 어떤 행동을 해야 할지 몰라 잠깐 동안 서로 빤히 쳐다보기만 했다.

　방 안에는 어색하고 불안한 기운이 감돌았고, 나타센카는 잔뜩 긴장한 채 서서 자신의 부모를 물끄러미 바라보았다.

　그 사이에서 가장 민첩하게 움직인 사람은 바로 슈프킨이었다. 그는 모두가 어쩔 줄 몰라 우왕좌왕하는 틈을 타서 재빨리 밖으로 달아나 버렸다.

아버지

늘 술에 취해 자식들에게
손을 벌리는 늙은 아버지. 그런 아버지를
탓하지 않고 묵묵히 도와주는 자식들!
어느 가난한 아버지의 이야기…….

"그래, 인정한다. 난 취했어. 정말 미안하구나. 집에 돌아오는 길에 너무 더워서 맥주 두 병을 마셨단다. 오늘따라 무척 덥구나."

늙수그레한 무사토프가 주머니에서 헝겊 조각을 꺼내 얼굴을 닦고 난 뒤에 계속 말했다.

"내 아들 바론카, 오늘 이렇게 내가 온 것은……. 사실은 중요한 일이 있어서 잠깐 들렀는데 내가 방해가 된 모양이구나. 저……. 미안하지만 10루블만 빌려줄 수 있겠니? 화요일까지는 꼭 돌려줄 수 있으니 걱정 말고. 어제가 집세를 내야 하는 날인데 주머니가 텅 비어서……."

그때까지 묵묵히 듣고만 있던 아들은 아무 대꾸도 하지 않고 방을 나갔다. 그리고 문 뒤에서 다른 사람들과 몇 마디 얘기를 나누고 돌아와서 노인의 손에 10루블짜리 지폐 한 장을 쥐여주었다.

노인은 아들의 얼굴을 쳐다보지 않고 지폐를 받아서 태연하게 주머니에 넣으며 말했다.

"고맙구나. 그래 그동안 어떻게 지냈니? 우리가 못 본 지도 한참 된 것 같은데."

"부활절에 마지막으로 만났으니 아주 오래됐네요."

아들이 시큰둥하게 대꾸했다.

"그랬구나. 이런 말 하면 네가 어떻게 생각할지 모르지만 난 몇 번 오려고 했단다. 그런데 자꾸만 일이 생겨서 한 번도 오지 못했구나."

노인은 아들의 눈치를 살피며 말하다가 체념한 듯 긴 한숨을 내쉬었다. 그러고는 목소리를 조금 높여서 마구 지껄이기 시작했다.

"아니야. 난 지금 거짓말을 하고 있는 거야. 나 같은 인간은 그냥 죽어 버려야 해. 얘야, 넌 절대로 나를 믿지 마라. 내게는 그동안 아무 일도 없었어. 난 그냥 술이나 퍼먹고 지냈단다. 전에도 내가 사람을 시켜서 너에게 돈을 부탁한 적이 있지? 너도 힘들게 입에 풀칠이나 겨우 하면서 산다는 걸 알면서도 그랬구나. 천사 같은 네 얼굴을 보니 돈 때문에 뻔뻔하게 얼굴을 디밀고 찾아온 내가 부끄러워서 견딜 수가 없어. 제발 못난 나를 용서해 다오."

하지만 아들은 여전히 말이 없었다. 노인은 머쓱해져서 또다시 눈치를 살피다가 입을 열었다.

"미안하지만 맥주 좀 마실 수 있겠니?"

그 말에 아들은 말없이 밖으로 나갔고, 문 밖에서 사람들과 얘기를 주고받는 소리가 들렸다. 그러더니 잠시 후에 아들이 맥주를 몇 병 들고 들어왔다.

술을 본 노인의 얼굴에 금세 생기가 돌았다. 그는 눈을 반짝이며 경쾌한 목소리로 말했다.

"얘야, 내가 얼마 전에 경마장에 갔던 얘기를 들려주마. 그날 나와 친구 둘, 이렇게 셋은 슈스트리한테 3루블짜리 표를 걸었지. 그런데 운 좋게도 32루블씩 되돌려 받았단다. 그렇게 큰 행운을 맛보고 나니 이젠 경마장에 가지 않고는 하루도 살 수가 없게 되었어. 마누라는 내가 경마를 한다고 잔소리를 퍼부어 대지만 난 계속 다녀. 무조건 좋으니까. 하하하. 정말 쉽게 돈을 벌 수 있단 말이야."

곱슬머리에 약간 창백한 얼굴의 아들은 노인의 말을 듣는지 마는지 조용히 방 안을 서성대기만 했다.

노인이 말을 멈추고 가만히 쳐다보자 아들이 말했다.

"아버지, 제가 얼마 전에 구두를 하나 샀는데 좀 작아요. 싼 값에 드릴 테니 가져가서 신으시겠어요?"

"좋아. 하지만 새 구두이니 값을 깎아서 줄 필요는 없다. 암 그렇고말고. 새 구두인데 값을 깎을 필요 없지. 네가 원래 산 가격에 가져가겠단 말이다."

"그럼 그렇게 하세요. 대신 지금은 돈이 없으실 테니 나중에 주세요."

아들은 아무렇지 않게 말하고는 침대 밑에서 새 구두를 꺼냈다. 노인은 얼른 낡아 빠진 갈색 장화를 벗고 구두를 신어 보았다.

"허허, 이거 아주 꼭 맞는구나. 아주 마음에 들어. 그런데 이 구두는 지금 가져가고, 화요일에 연금을 받으면 돈을 보내 주마. 그런데……."

노인은 말을 하다 말고 얼굴을 일그러뜨렸다. 그는 어깨를 축 늘어뜨린 채 한숨을 내쉬며 다시 말했다.

"내가 또 거짓말을 했구나. 경마 도박도, 연금 얘기도 다 거짓이란다. 너의 착한 눈을 보니 더 이상 너를 속일 수가 없어. 너도 지금 나를 속이고 있지? 이 구두가 작다는 건 거짓이 분명해. 그냥 구두를 나에게 주려고 일부러 꾸며낸 말이야. 그렇지? 사랑스러운 내 아들아! 난 너의 넓은 마음을 알아 버리고 말았구나."

노인은 절망에 빠진 표정을 지었다. 아들은 분위기를 바꾸려고 얼른 다른 얘기를 꺼냈다.

"아버지, 그새 새 집으로 이사하신 거예요?"

"그래, 그랬지. 마누라쟁이의 그 별난 성질머리로는 한 곳에서 도저히 오래 살 수가 없어."

노인이 고개를 절레절레 흔들자 아들이 다정하게 말했다.

"얼마 전에 아버지를 이곳으로 모시고 싶어서 옛날 우리가 살던 집에 찾아갔어요. 아버지의 건강을 위해서도 공기 좋은 이곳에서 지내시는 게 더 나을 것 같은데 아버지 생각은 어떠세요?"

"아니야. 그럴 필요 없어. 신경 쓰지 마라. 마누라쟁이가 날 놔 주지도 않을 테고, 나도 원치 않아. 너희들이 그 구렁텅이에서 어떻게든 나를 끌어내려고 애쓰는 건 알지만 그만둬. 난 거기서 살다가 죽을 운명이야. 난 내 분수를 알아. 천사 같은 네 얼굴을 보면 지옥 같은 구렁텅이에서 빠져나오고 싶은 생각도 드는데 그건 안 될 일이야. 그러니 나한테 더 이상 신경 쓰지 마라. 벌써 어두워지는구나. 이제 그만 가봐야겠다. 미안하구나. 내가 시간을 너무 많이 빼앗았구나."

노인은 자리를 털고 황급히 일어났다.

"잠깐 기다리세요. 마침 시내로 나갈 일이 있으니 제가 배웅해 드릴게요."

"아니다. 그럴 필요 없어. 나오지 마라."

"아, 일이 있다니까요."

아들은 외투를 입고 노인을 따라나섰다.

두 사람은 함께 차를 타고 어두워진 도로 위를 달렸다. 노인은 창밖의 불빛을 내다보며 긴 푸념을 늘어놓았다.

"오늘 내가 또 너한테 손을 벌렸구나. 불쌍한 녀석. 미안하다는 말밖에는 할 말도 없으니……. 난 네 형들에게도 술 취한 꼴로 찾아가서 손을 벌렸단다. 정말 뻔뻔하기 짝이 없는 애비지. 네가 어제 내 꼴을 보았다면 어떤 생각을 했을까! 기왕에 못난 꼴을 다 보였으니 숨기지 않고 얘기해 주마. 어제 마누라쟁이랑 알고 지내는 할망구들이 집에 찾아왔어. 그 할망구들은 술을 마시면서 너희 형제들 험담을 늘어놓더구나. 그런데 난 아무 말도 하지 못했어. 그 할망구들은 내가 불행하게 살고 있는 걸 너희들이 모른 체한다며 너희들을 헐뜯더구나. 왜 그랬는지 모르겠는데, 난 그때 한 마디도 하지 못했단다. 그 얘기를 듣고도 가만히 있었단 말이야. 그래서 이렇게 다정하고 천사 같은 네 앞에서 내가 얼마나 못난 인간인지 다시 한 번 깨닫게 되는구나…….”

노인은 고통스러운 듯 머리를 감싸 쥐었다.

“아버지, 그만하세요. 우리 이제 다른 얘기해요.”

아들은 어떻게든 노인의 기분을 풀어 주려고 했다.

노인은 얼마 동안 아들을 물끄러미 바라보다가 혼잣말처럼 중얼거렸다.

“하느님이 너희처럼 착한 아들들을 내게 주었다는 것은 나에게 사치나 마찬가지야. 아니, 아주 행운이지. 너희들처럼 착실하고, 부지런하고, 똑똑한 아이들이 어디 있겠니! 하지만 난 자격이 없는 애비야. 매일 술에 쩔어 살며 너희들에게 늘 손이나 벌리고…….. 너희들에게 축복이 있게 해 준 것이 아무것도 없는 못난 애비야……. 너희들에게 축복이 있기를."

노인은 모자를 벗더니 몇 번이나 성호를 긋고 나서 말을 이었다.

"난 툭하면 망가진 꼴로 너희들을 찾아가서 비굴하게 않는 소리를 했지. 지난 목요일엔 그리샤에게 갔단다. 또 돈이 필요해서 손을 벌리러 간 거지. 그 애는 내 속을 다 알면서도 아무런 불평 한마디 없이 돈을 주었어. 동료들이나 상사들과 함께 있을 때 내가 나타나서 몹시 당혹스러웠을 텐데도 아무렇지 않은 것처럼 미소를 지으면서 말이야. 사샤도 비슷했어. 사샤는 너도 알다시피 귀족 집안의 대령 딸과 결혼해서 잘살고 있지. 난 그 애가 나 같은 사람이 아비여서 부끄러워할 줄 알았어. 체면 때문에 더 이상 나에게 신경을 쓰지 않을 줄 알았지. 그런데 결혼식이 끝나자마자 처를 데리고 집으로 나를 찾아왔더구나. 그 지옥 같은 구렁텅이로……. 오, 맙소사!"

거기까지 말했을 때 노인은 흐느껴 울기 시작했다. 그러다 곧바로 웃음을 터뜨렸다.

"그때 우리가 어떻게 했는 줄 아니? 우린 일부러 싸구려 술을 마시면서 고약한 냄새가 나는 생선을 튀겼단다. 구역질나는 집에 난 취한 채 누워 있었고, 마누라는 시뻘개진 얼굴로 신혼부부 앞을 이리저리 뛰어다녔어. 정말……. 기가 막힌 꼴이었지. 하지만 사샤는 그 모든 걸 묵묵히 참아 주었어. 싫은 내색 하나 하지 않고 말이야."

"그래요. 사샤 형님은 참 좋은 사람이지요."

아들이 고개를 끄덕였다.

"너희 형제들 모두가 내게는 보물이지. 어디 그뿐이냐. 네 누이 소냐도 마찬가지야. 너희처럼 착한 아이들에게 지금까지 한 번도 제대로 된 애비 노릇을 한 적이 없으니 난 몹쓸 인간이야. 그래도 지금은 예전보다는 좀 나아지지 않았니? 너희들이 어렸을 땐……. 지금보다 훨씬 더 나빴지. 날마다 술에 취해서 네 죽은 에미를 들볶아 대고, 너희들에게도 추한 꼴을 많이 보였지. 고생만 하다 죽은 네 에미……. 아마도 신은 너희들에게 나 같은 애비가 되면 절대로 안 된다는 것을 보여 주려고 나를 보내신 거야. 그러니 내 꼴을 똑똑히 보려무나. 그리고 절대 나를 닮지 마라."

노인은 그 대목에서 마부에게 마차를 잠시 세우게 하고 길가에 있는 술집으로 달려갔다. 그리고 얼마 후에 다시 돌아와서 마차에 올랐다.

"그런데 소냐는 지금 어디 있니? 아직 기숙학교에 있는 거냐?"

"아니에요. 5월에 졸업한 뒤로 사샤 형 장모님 댁에서 지내고 있어요."

"오! 그랬구나. 오빠를 찾아가다니 대단해. 네 에미가 너희들이 이렇게 잘 지내는 모습을 못 보고 죽은 게 안타깝구나. 고생만 하다 죽은 네 에미……. 불쌍한 사람이야. 아, 혹시라도……. 그 애를 한번 볼 수 없을까? 늙으면 딸자식만큼 큰 위안을 주는 게 없단다. 어떻게 안 되겠니?"

노인이 눈치를 살피면서 조심스럽게 말을 꺼냈다. 아들은 잠시도 망설이지 않고 곧바로 대답했다

"되고말고요. 언제 보고 싶으세요? 실은 소냐도 아버지를 만나고 싶어 해요."

"그게 정말이냐? 이봐요, 마부 양반. 우리 자식들이 이렇게 착하다니까요, 글쎄. 참, 이럴 게 아니라 내가 뭘 준비해야 할지 생각해 봐야 겠구나. 소냐는 귀족 집안의 아가씨처럼 살고 있을 테니 이 꼴로 나타나면 안 되겠지? 바론카, 난 이제부터 며칠 간은 술을 끊도록 하마. 술에 찌들어 지내는 걸 감추려면 그 정도는 걸릴 거야. 그리고 네 양복도 한 벌 빌려야겠다. 그런 다음에 면도도 하고, 머리도 깎아야지. 그때 소냐를 나에게 데려오렴."

"네, 아버지."

"아, 잠깐만."

아들의 대답이 떨어지자마자 노인은 다시 마차를 세우고 길가의

술집으로 뛰어갔다.

집까지 가는 동안 노인은 두 번이나 더 마차에서 내려서 술집에 들어갔고, 아들은 아무 말 없이 기다려 주었다.

"다 왔구나. 자, 어서 내리자."

그들은 마차에서 내려 지저분한 마당을 지나 노인의 '마누라쟁이'가 있는 집으로 들어갔다. 마당에 들어서는 순간부터 노인은 안절부절못했으며, 불안한 눈으로 집 안을 기웃거렸다

"바룐카, 마누라쟁이가 너에게 엉뚱한 얘기를 하더라도 너무 신경 쓰지 않았으면 좋겠구나. 좀 무식하고 뻔뻔하긴 하지만 그래도 좋은 여자란다. 착한 구석도 있지."

"그럴게요. 걱정 마세요."

"그래, 고맙구나."

아들이 밝은 얼굴로 대답하자 노인은 안도의 얼굴로 고개를 한 번 끄덕했다.

아들과 노인은 긴 마당을 지나 좁은 현관으로 들어섰다. 현관 문 앞에서 잠시 멈춰 한번 숨을 들이쉰 노인은 손을 뻗어 손잡이를 잡더니 힘차게 문을 열었다.

삐걱거리는 소리와 함께 문이 열리자 음식 냄새와 차 냄새가 한꺼번에 코끝에 훅 끼쳐왔다. 그와 함께 몇 사람이 말싸움을 하는

듯 높고 거친 소리가 들려왔다.

노인은 몸을 낮게 숙여서 천장이 낮고 후텁지근한 방으로 들어가며 아들에게 말했다.

"여기가 내 방이야."

방 안에는 세 명의 노파가 둘러앉아서 음식을 먹고 있었다. 그들은 두 사람을 돌아보며 슬그머니 손을 내려놓았다.

"구했나 보구려. 그래 어떻게 구했어요?"

노인이 말하던 '마누라쟁이'로 보이는 노파가 거칠고 억센 말투로 물었다.

"암, 구했지. 구하고 말고."

노인은 이렇게 중얼거리며 아들에게 의자를 내주었다.

그는 몹시 불안해하며 분주하게 움직였다. 비록 부끄러운 아버지였지만 그는 아들이 보는 앞에서 기가 죽고 싶지 않았다. 그래서 노파들에게 보란 듯이 평소보다 더 과장된 몸짓을 하며 거들먹거렸고, 바룬카가 자신의 아들이라는 것을 과시하려고 애썼다.

"아들아, 우리가 사는 꼴이 이렇구나. 보드카라도 한 잔 마시겠니?"

노인이 말하자 노파들 중 낯선 사람 앞에서 술 마시는 것을 약간 부끄러워하는 한 사람이 한숨을 내쉬며 말했다.

"난 버섯부터 먹고 나중에 술을 마실 거예요. 원래부터 난 버섯을 먹으려고 술을 곁들여 먹는 중이었다니까요. 목이 마르니까 말이에요."

그녀는 말끝에 요란하게 딸꾹질을 했다. 다른 노파들이 킬킬대고 웃었다.

노인은 아들을 돌아보지 않은 채 웅얼거리듯 말했다.

"아…….바론카, 우리 집에는 비싼 술은 없어. 우리가 먹는 건 그저…….”

"왜요? 저 양반이 마음에 안 든대요?"

'마누라쟁이'가 땅이 꺼질 듯 한숨을 내쉬면서 못마땅한 얼굴로 물었다.

아들은 노인이 마음 상하지 않게 하려고 얼른 술을 한 잔 받아 마셨다. 노파가 지저분한 주전자를 가져왔을 때도 잠깐 망설이다가 끔찍한 맛이 나는 차를 두 잔이나 마셨다. 그리고는 '마누라쟁이'가 주절주절 늘어놓는 말을 조용히 들었다.

그 모습을 지켜보던 노인이 취해서 혀가 꼬부라진 상태로 떠듬떠듬 말했다.

"바론카, 넌 지금 내가 이렇게 지옥 같은 나락으로 떨어져서 가엾다고 생각하지? 그렇지? 속으로는 그렇게 생각하고 있을 거야.

하지만 그럴 필요 없단다. 나한테는 이게 어울려. 난 내 자신을 깎아내릴 생각은 전혀 없어. 하지만 너처럼 어린 놈들이 나를 불쌍한 눈으로 쳐다보는 건 참을 수가 없단 말이야. 적어도 나에게는 내 삶이 정상적이니까."

노인은 청어에 양파를 뿌려 먹으면서 계속 얘기를 늘어놓았다. 그는 전날 경마에서 큰 돈을 땄다고 했고, 파나마에서 60루블이나 주고 샀다는 모자 얘기도 했다. 말을 하는 동안에도 그의 입으로는 줄곧 청어와 술이 들어갔다. 아들은 그가 하는 모든 말이 거짓이라는 것을 잘 알면서도 고개를 끄덕이며 듣고만 있었다. 그렇게 한 시간쯤 지난 후에 아들은 작별 인사를 하고 일어났다.

"그만 돌아갈게요. 편히 쉬세요."

"미안하다, 바룐카. 네가 가겠다는데도 나는 너를 잡을 수가 없구나. 이 모양 이 꼴로 살아서 정말 미안하다."

노인은 최대한 품위 있게 보이려고 애쓰면서 말했다.

어색한 분위기를 감추려는 듯 너털웃음을 웃으며 노파들에게 윙크를 하기도 했다. 그러고는 현관까지 따라 나와서 큰 소리로 외쳤다.

"잘 가라, 아들아!"

마지막 인사를 건넨 노인은 갑자기 아들의 어깨에 얼굴을 파묻

고 흐느껴 울기 시작했다.

"소냐, 내가 그 아이를 한 번만 어루만져 볼 수 있다면 얼마나 좋을까!"

그는 울먹이면서 덧붙여 말했다.

"바룐카, 우리 어서 소냐를 만나러 가자. 천사 같은 소냐. 난 그애 앞에선 입을 꾹 다물고 점잖게 앉아 있을 테다. 말은 한 마디도 하지 않을 거야. 내 더러운 입을 끝까지 다물고 있어야지. 암, 그래야지."

노인은 횡설수설하다 말고 노파들의 목소리가 들리는 안쪽을 힐끔힐끔 살피면서 우렁차게 외쳤다.

"잘 가거라, 내 아들아! 사랑한다."

농담

"나젠카, 당신을 사랑해요."
썰매가 속도를 더욱 높이고 있을 때
내가 속삭이듯 말했다. 그 말을 하고 나니
울부짖는 바람 소리가 더 이상
두렵지 않았고, 숨쉬기도
한결 편해졌다.

손으로 가볍게 건드리기만 해도 쨍하고 갈라질 것처럼 세상이 꽁꽁 얼어붙은 겨울 한낮이었다. 내 팔을 잡고 있는 나젠카의 귀밑머리와 입술 위 솜털에도 성에가 서려 있었다.

우리는 높은 언덕 위에 올라서 있었다. 옆에는 화려한 천으로 장식된 작은 썰매가 하나 놓여 있었다. 하지만 발 아래는 보기만 해도 아찔할 만큼 가파른 비탈이었다.

"나젠카, 우리 썰매를 타고 내려가도록 해요. 제발. 이번 한 번만이오. 걱정 마시오. 다치는 일은 절대로 없을 테니 나를 믿고 안심해요."

나는 간절하게 말했다. 하지만 나젠카는 겁에 질려 부들부들 떨고 있었다.

"아니, 못하겠어요. 보는 것만으로도 정신이 아득해지고, 숨이 멎을 것 같은데 어떻게 썰매를 타고 내려간단 말이에요. 우린 죽고 말 거예요."

그녀는 고개를 절레절레 흔들었다.

"제발 부탁이에요. 두려움 따위는 떨쳐 버려요. 그건 소심한 겁쟁이들한테나 어울리는 거예요."

내가 몇 번 더 애원하자 나젠카는 결국 내 뜻을 받아들였다. 나는 그녀의 표정에서 죽을 각오를 했다는 것을 알아챘다. 그녀는 새파랗게 질린 얼굴로 온몸을 덜덜 떨며, 내 허리를 꽉 안고 썰매에 탔다.

나는 숨을 크게 한번 들이마신 다음 썰매를 출발시켰다. 썰매는 출발과 동시에 총알처럼 날아갔다. 차가운 바람이 얼굴을 때리고, 울부짖는 소리를 내기도 하면서 무시무시한 속도로 내게 달려들었다. 압력이 너무 거세서 숨을 쉬기도 힘들 지경이었다.

나는 마귀가 날카로운 발톱으로 우리를 움켜잡고 사납게 으르렁대면서 끌고 가는 듯한 착각에 빠졌다. 주변에 있는 모든 것들이 한순간 전혀 보이지 않게 되었고, 우리 둘 다 금방이라도 지옥으로 빨려들어갈 것만 같았다.

"나젠카, 당신을 사랑해요."

썰매가 속도를 더욱 높이고 있을 때 내가 속삭이듯 말했다. 그 말을 하고 나니 울부짖는 바람 소리가 더 이상 두렵지 않았고, 숨쉬기도 한결 편해졌다. 그새 썰매는 언덕 아래까지 거의 다 내려갔다.

하지만 나젠카는 하얗게 질려서 여전히 숨을 거칠게 몰아쉬고 있었다. 그녀는 반쯤 정신이 나간 듯했다.

나는 썰매를 멈추고 그녀를 부축해서 일으켰다.

"두, 두 번 다시는 썰매를 타지 않을 거예요. 정말이에요. 죽는 한이 있어도. 안 탈 거예요."

나젠카는 비틀거리면서 공포에 질린 목소리로 말했다. 나는 그녀를 한쪽에 앉게 하고 얼마간 쉬도록 했다. 어느 정도 지나서 정신을 차리자 그녀가 나를 의아한 듯 바라보았다.

'저 사람이 나한테 정말 사랑한다고 말했을까? 세찬 바람 소리 때문에 내가 그런 말을 들었다고 착각하는 건 아닐까?'

그녀는 이런 생각을 하고 있는 게 분명했다.

나는 그녀와 함께 한참 동안 언덕 주위를 산책했다.

그녀는 줄곧 궁금증을 품고 있는 얼굴이었다. 제정신이 아닌 상태에서 바람결에 들린 말이 아무래도 환청으로 들리는 모양이었다. 그것은 그녀에게 행복과 불행이 달린 아주 중요한 문제였다. 그녀는 내게 답을 들으려는 듯 애처로운 눈길을 보내며, 엉뚱한 말들을 늘어놓았다.

하지만 나는 쉽게 말을 꺼내지 못했다. 사실은 뭔가 얘기를 하고 싶은데 적당한 말이 떠오르지 않았다.

참다못한 그녀가 먼저 입을 열었다.

"저……. 썰매를 한 번 더 타실래요?"

"네, 뭐라고요?"

나는 눈을 크게 뜨고 되물었다.

그녀는 이미 결심을 한 것처럼 썰매가 있는 쪽으로 걸어갔다.

우리는 계단을 통해 언덕 위로 다시 올라갔다. 나는 아까와 마찬가지로 얼굴이 새파래진 나젠카를 썰매에 앉히고 언덕 아래로 무섭게 내리달렸다. 또다시 차가운 바람이 얼굴을 때리며 요란하게 울부짖었다.

썰매의 속도가 가장 빠르고, 바람 소리가 가장 크게 달리는 지점에서 나는 아까와 똑같이 속삭이듯 말했다.

"나는 당신을 사랑해요, 나젠카."

썰매는 곧 언덕 아래에서 멈춰 섰고, 그녀는 우리가 지나온 쪽을 돌아보았다. 그러고 나서 아주 오랫동안 내 표정을 살폈다. 하지만 나는 아무 일도 없었다는 듯 무표정하게 그녀를 바라보았다. 그녀는 정말 알 수 없다는 듯 고개를 갸웃거리며 골똘히 생각에 잠겼다.

'도대체 어떻게 된 일이지? 이 사람이 정말 그 말을 한 걸까, 아니면 내 착각일까?'

그녀의 표정이 이런 생각을 하고 있다는 걸 그대로 말해 주었다. 그녀는 너무 답답해서 곧 울음이라도 터뜨릴 것 같았다.

나는 모르는 척 무심하게 말했다.

"이제 그만 집으로 돌아갈까요?"

"아, 아니에요. 저……. 저는……. 썰매 타는 게 좋아졌어요. 한 번 더 타지 않으실래요?"

나젠카가 얼굴을 붉히며 물었다.

나는 기꺼이 그녀의 말을 들어주었다.

썰매 타는 게 좋아졌다고 하면서도 그녀는 썰매에 앉을 때 이전보다 더 두려움에 떨었다. 숨을 간신히 내쉬며 이를 딱딱 부딪치는 소리가 내 귀에까지 들렸다.

나는 심호흡을 하고 나서 세 번째로 썰매를 출발시켰다. 그때 나는 나젠카가 내 입을 보고 있다는 걸 알아챘다. 나는 일부러 손수건으로 입을 가리고 기침을 했다. 그리고 제일 가파른 지점까지 갔을 때 재빨리 속삭였다.

"나는 당신을 사랑해요, 나젠카."

썰매는 멈췄고, 그녀의 얼굴은 여전히 궁금증으로 가득했다.

나는 끝내 그 수수께끼의 답을 알려 주지 않은 채 그녀를 집까지 바래다주었다. 집으로 가는 동안 그녀는 줄곧 내 입을 바라보며 뭔가 얘기를 해 주기를 기다렸다. 나는 그것을 뻔히 알면서도 아무 일도 없었다는 듯 천연덕스럽게 굴었다.

'바람이 그런 말을 했을 리는 없어요. 난 바람이 아니길 바라고 있어요.'

헤어지기 직전에 그녀의 눈은 이렇게 말하고 있었다.

다음 날 아침, 그녀가 내게 짧은 쪽지를 보내 왔다.

　　N, 오늘도 썰매를 타러 가실 생각인가요?

　　그러면 저희 집으로 와 주세요.

그날 이후, 나는 지금까지 하루도 빼놓지 않고 그녀와 썰매를 타러 갔다. 그리고 항상 비슷한 지점에서 그녀에게 같은 말을 속삭였다.

"나는 당신을 사랑해요, 나젠카."

이제 나젠카는 그 말에 완전히 중독된 것 같았다. 마약이나 술에 중독된 사람처럼 하루라도 그 말을 듣지 않으면 살 수 없는 사람이 되었다. 썰매를 타는 일은 처음과 마찬가지로 두려워했지만 사랑의 속삭임이 그것조차 잊게 해주는 듯했다.

그녀는 아직도 내가 그 말을 했는지 안 했는지 알지 못한다. 하지만 지금은 아무래도 상관없다는 얼굴이었다. 바람이 한 말이든, 내가 한 말이든 그 말을 듣는 것만으로 만족하는 것이었다.

어느 날, 나는 한낮에 혼자서 썰매를 타는 곳에 갔다. 그런데 나젠카가 사람들 틈에 끼어서 주위를 두리번거리는 게 보였다. 그녀는 계단 쪽으로 걸어가면서도 연신 누군가를 찾다가 겁에 질린 얼굴로 계단을 올라갔다.

혼자서 썰매를 타러 올라가는 그녀의 얼굴은 사형장에 끌려가는 사람처럼 창백했고, 온몸을 사정없이 덜덜 떨었다. 그러면서도 혼자서 기어이 썰매에 앉았다. 나는 그녀가 썰매를 타고 내려가면서 사랑의 속삭임이 들리는지 확인해 보려 한다는 것을 알 수 있었다.

그녀는 하얗게 질린 얼굴로 눈을 꼭 감고 앉아 썰매를 출발시켰다. 그 순간 그녀의 표정은 세상과 영원한 작별을 고하는 듯했다.

썰매는 매서운 바람 소리를 내며 미끄러져 내려갔다. 잠시 후 나젠카는 다리에 힘이 풀린 채 비틀거리며 썰매에서 일어났다.

언덕을 내려오는 동안 그녀가 원하는 말을 들었는지는 나도 알 수 없었다. 하지만 표정을 보니 그녀도 잘 모르는 눈치였다. 아마도 썰매를 타고 내려올 때의 지독한 공포가 모든 감각을 마비시킨 모양이었다.

드디어 추운 겨울이 지나고 봄이 되었다. 3월의 햇살은 연인의 숨결처럼 부드러웠다. 꽁꽁 얼어붙었던 언덕의 얼음도 서서히 녹아내렸다. 그것은 더 이상 썰매를 탈 수 없게 되었다는 뜻이었다.

가엾은 나젠카는 어디에서도 사랑의 속삭임을 들을 수 없게 되었다. 나도 얼마간 페테르부르크로 떠날 준비를 하고 있었기 때문에 그녀가 원하는 말을 계속 해 줄 수 없는 처지였다. 나는 페테르부르크에서 돌아오지 않을 수도 있었다. 그래서 그녀를 볼 때마다 착잡해지곤 했다.

떠나기 이틀 전 저녁 무렵이었다. 나는 혼자 뜰에 앉아 있었다. 우리 집은 나젠카의 집과 나란히 붙어 있었다. 아직까지 추위가 완전히 풀리지 않아서 그늘진 곳에는 얼음이 조금씩 남아 있고, 나뭇가지도 앙상하게 말라 있었지만 공기 중에는 봄 냄새가 가득했다.

나는 울타리 쪽으로 다가가서 나젠카의 집 뜰을 한동안 들여다보았다. 마침 나젠카가 집앞에 나와 있었다. 그녀는 우울한 눈빛으로 하늘을 올려다보고 있었다. 바람이 그녀의 메마른 얼굴을 쓰다듬고 지나갔다.

그녀는 겨울 동안 썰매를 타면서 들었던 속삭임을 떠올린 듯 한없이 쓸쓸하고 서글픈 표정을 짓더니 이내 뺨 위로 눈물을 주르륵 흘렸다.

가련한 여인은 바람에게 그 말을 다시 들려달라고 애원하는 것처럼 두 팔을 크게 뻗었다. 그녀는 바람이 다시 지나갈 때까지 그렇게 꼼짝않고 서 있었다. 나는 바람이 불기를 기다렸다가 나지막이 속삭였다.

"나는 당신을 사랑해요, 나젠카."

순간, 나젠카는 비명을 지르며 기쁨에 차서 펄쩍펄쩍 뛰었다. 행복에 겨워서 어쩔 줄 몰라 하는 그녀의 모습은 무척 아름다웠다. 나는 그녀를 오래오래 지켜보다가 짐을 꾸리려고 집 안으로 들어갔다.

이 모든 것은 벌써 오래전의 일이다. 나젠카는 평의회 서기와 결혼해서 아이를 셋이나 낳았다. 그녀가 남편을 정말로 사랑했는지, 아니면 어쩔 수 없는 상황에서 결혼했는지 나는 알 수 없다. 하지만 그건 상관없는 일이다.

나는 예전에 그녀와 함께 썰매를 타러 다니면서 '나는 당신을 사랑해요, 나젠카.' 하고 말했던 일을 결코 잊지 않았다. 그리고 그 일이 그녀에게 평생 동안 가장 행복하고 아름다운 추억을 만들어 주었을 거라고 굳게 믿는다.

이렇게 나이 든 지금, 내가 왜 그때 얘기를 새삼스럽게 꺼냈는지는 나도 알 수 없다. 또 무엇 때문에 그녀에게 그런 농담을 했는지도……

하찮은 일

"아, 아, 아저씨가 나, 나를
소, 속였어. 나, 나를 소, 속였다고!"
아이는 말을 심하게 더듬었고, 눈에서는
굵은 눈물이 주르륵 흘러내렸다.
아이는 세상에 태어나서 처음으로 거짓과
정면으로 맞닥뜨려서 정신이
하나도 없었다.

어느 날 저녁, 니콜라이 일리치 벨랴예프가 올가 이바노브나 이르니나 부인의 집에 들렀다. 벨랴예프는 페테르부르크의 건물주였으며, 경마장에 자주 드나드는 서른두 살의 젊은이었다. 그는 이바노브나 부인과 연인 사이였다.

이바노브나에게 아이가 있고, 몇 년째 만나 온 터라 평범한 젊은이들처럼 열정적으로 사랑하는 사이는 아니었지만 두 사람이 연인이라는 것만은 분명한 사실이었다.

이바노브나는 외출하고 없었다. 벨랴예프는 응접실 소파에 등을 기대고 앉아서 기다렸다. 그때 반대편 소파에 누워 있던 아이가 말했다.

"안녕하세요, 아저씨. 엄마는 소냐랑 의상실에 가셨어요."

"그, 그래. 네가 거기 있는 줄 몰랐구나. 그동안 잘 지냈니? 엄마는 건강하시지?"

벨랴예프는 여덟 살짜리 꼬마 알료샤를 보고 몸을 일으켰다. 이바노브나의 아들인 알료샤는 한창 유행하는 벨벳 재킷과 검은색 바지를 입고 있었다.

공단(무늬는 없지만 윤기가 도는 고급 비단)으로 만든 쿠션을 베고 누운 아이는 두 발을 높이 들어서 앞뒤로 젓거나 손으로 다리를 잡고 벌떡 일어나는 동작을 반복했다. 아마도 얼마 전 서커스에서 본

곡예사 흉내를 내는 듯했다.

한참 동안 몸을 이리저리 비틀며 불편한 자세를 취하던 알료샤가 벨랴예프를 쳐다보면서 말했다.

"사실 엄마는 건강해 본 적이 별로 없어요. 엄마도 여자잖아요. 여자들은 늘 어딘가가 아프니까요."

벨랴예프는 맹랑한 아이를 찬찬히 뜯어보기 시작했다. 이바노브나와 알고 지낸 지 꽤 오래되었지만 그는 한 번도 알료샤에게 관심을 갖지 않았다. 그 아이가 있다는 것조차 신경쓰지 않았다. 알료샤는 늘 그의 눈앞에 있었지만 아무런 관심이 없으니 보이지 않는 것이나 마찬가지였다.

그는 자신이 아이에게 관심을 가져야 할 까닭이 없다고 생각했다. 그런데 어슴푸레한 응접실에서 창백한 얼굴에 검은 눈동자를 거의 깜박거리지 않는 아이를 보는 순간, 이바노브나와 처음 사랑에 빠졌던 때가 떠올랐다. 아이는 그 시절의 그녀와 무척이나 닮아 있었다. 벨랴예프는 문득 아이와 장난을 치고 싶어졌다.

"알료샤, 잠깐 이쪽으로 좀 와 볼래?"

말이 떨어지기 무섭게 알료샤는 소파에서 뛰어내려 그에게 달려왔다. 그는 아이의 어깨에 손을 얹고 말했다.

"넌 요즘 어떻게 지냈니?"

"음, 글쎄요. 뭐라고 말씀드리면 좋을까요? 전에는 아주 잘 지냈어요. 그때 소냐와 저는 음악을 듣거나 책을 읽었거든요. 하지만 지금은 잘 못 지내요. 아주아주 못 지내요. 왜냐하면 프랑스 시를 외어야 해서 좀 피곤하거든요."

아이는 심각한 표정을 짓더니 그의 시곗줄에 관심을 보였다.

"저도 중학교에 가면 엄마가 시계를 사 주신다고 약속했어요. 아, 그런데 아저씨 것처럼 줄이 달린 시계를 사 달라고 해야겠어요. 이건 메달 같아서 좋아요. 아주 멋져요. 아 참, 우리 아빠도 이런 메달이 있어요. 메달 가운데는 엄마 사진이 들어 있죠."

"그걸 어떻게 알았니? 아빠를 만난 거야?"

"아빠를요? 아, 아뇨……. 난 그저……."

알료샤는 몹시 당황해서 얼굴을 붉히며 어쩔 줄 몰라 했다. 손톱으로 메달을 긁어 대며 안절부절못하는 아이를 뚫어지게 바라보다가 벨랴예프가 물었다.

"아빠를 만난 게 맞지?"

"아……. 아니라니까요."

아이는 그의 얼굴을 똑바로 쳐다보지 못한 채 대답했다.

"솔직히 말해 봐. 네 얼굴에는 지금 거짓말을 하고 있다고 씌어 있어. 우린 친구 사이니까 숨기지 말고 정직하게 말해 봐. 어서."

그 말에 알료샤는 잠시 고민에 빠졌다가 조심스럽게 물었다.

"엄마한테 말하지 않을 거죠? 그러겠다고 맹세하세요."

"녀석도 참. 약속, 약속할 테니 말해 봐."

알료샤는 누가 듣기라도 하는 것처럼 주위를 찬찬히 둘러보고 나서 눈을 크게 뜨고 속삭였다.

"하느님께 맹세코 엄마한테 말하면 안 돼요. 엄마가 아시면 소냐랑 펠라게야까지 다 혼이 날 거예요. 사실 저하고 소냐는 매주 화요일과 금요일에 아빠를 만나요. 점심을 먹기 전에 펠라게야가 우리와 함께 산책을 나가는데 그때 아프펠 제과점에 들러요. 아빠가 거기서 기다리고 있거든요."

"거기서 뭘 하는데?"

벨랴예프가 얼굴을 바짝 들이밀며 물었다.

"별거 없어요. 그냥 서로 안부를 묻고, 코코아와 파이를 먹어요. 소냐는 고기를 넣은 파이를 먹고, 전 양배추나 계란 넣은 걸 먹어요. 거기서 잔뜩 먹고 돌아오지만 집에 와서 점심 식사를 할 때 엄마가 눈치 챌까 봐 가능하면 많이 먹으려고 애써요."

"아빠랑 주로 무슨 얘기를 하니?"

"아빠는 우리를 안아주고, 입맞춤도 해 줘요. 재미있는 얘기도 많이 해 주시고요. 아빠가 그러는데 우리가 조금 더 크면 데려가서 같이 살 거래요. 소냐는 싫다지만 전 좋아요. 엄마랑 헤어지는 건 마음 아프지만 편지를 쓰면 되니까 괜찮아요. 아빠는 나한테 말도 사 주신다고 했어요. 우리 아빠 정말 멋지죠? 엄마는 그렇게 좋은 아빠한테 왜 같이 살자고 하지 않고, 우리도 아빠를 만나지 못하게 하는지 모르겠어요. 아빠는 아직도 엄마를 사랑해요. 언제 나 엄마 걱정을 하고, 엄마에 관해 많은 걸 물어보는 것만 봐도 알 수 있어요. 그런데 소냐랑 내가 정말 불쌍한 아이들인가요?"

알료샤가 종달새처럼 재잘거리다 진지한 표정으로 물었다.

"그, 그건……. 그런데 왜 그런 걸 묻지?"

"아빠가 우리더러 불쌍한 녀석들이라고 해서요. 그 말을 들으면 기분이 좀 이상해져요. 아빠는 엄마도 불쌍하대요. 그러면서 언제 나 우리 모두를 위해서 기도한다고 했어요."

아이는 깊은 생각에 잠긴 얼굴로 말했다.

"그랬구나. 아빠가 나에 대해서는 별다른 말씀이 없었니?"

"없었어요. 그런데 화를 내셨어요. 아저씨 때문에 엄마가 불행 해진대요. 아저씨가 엄마를 망치고 있대요. 하지만 걱정 마세요. 아저씨는 좋은 사람이고, 엄마한테도 잘해 준다고 말했으니까요."

"내가 엄마를 망친다고 했단 말이지?"

벨랴예프는 자리에서 일어나 응접실을 서성대기 시작했다. 그는 입을 삐죽대며 비웃었다.

"흥, 자기가 다 잘못해 놓고 이제 와서 내가 엄마를 망친다고?"

"아저씨, 화내지 않겠다고 약속했잖아요."

알료샤의 눈동자가 불안하게 흔들렸다.

"난 화를 내는 게 아니야. 그냥 우습다는 말이지. 정작 거미줄에 걸려든 건 난데 내가 잘못이라니."

그때 벨 소리가 났고, 알료샤가 문 쪽으로 달려나갔다.

잠시 뒤에 이바노브나와 소냐가 들어왔다. 그 뒤로 알료샤가 콧노래를 흥얼거리며 깡충깡충 뛰어 들어왔다.

벨랴예프는 고개를 가볍게 숙여 보이고는 계속 응접실을 걸어다니며 씩씩거렸다.

"하긴 그 사람 입장에서 나 말고 누구를 욕할 수 있겠어? 그 사람은 자기가 모욕 당했다고 생각할 테니까."

"그게 무슨 말이에요?"

이바노브나가 눈을 동그랗게 뜨고 물었다.

벨랴예프는 화난 표정으로 마구 퍼부어 댔다.

"저기 서 있는 꼬마 신사한테 물어보시지. 당신 남편이 나에 관해서 무슨 말을 했는지 당장 물어보란 말이야. 그 사람은 내가 아주 나쁜 인간이라서 당신과 아이들을 망친다고 했다더군. 내가 모두를 불행하게 하면서 혼자만 행복하대. 그게 말이나 돼?"

"오, 제발요. 아저씨."

알료샤가 절망적인 목소리로 말했다. 아이의 얼굴은 두려움으로 일그러져 있었다. 하지만 벨랴예프의 귀에는 아무 소리도 들리지 않았다.

"알료샤, 어서 불어봐. 불어보라고! 당신을 감쪽같이 속이고 그 바보 같은 펠라게야가 아이들을 제과점에 데려가서 아빠랑 만나게 해 준다더군그래. 문제는 그게 아니야. 당신 남편은 피해자이고, 난 당신들의 인생을 망쳐 놓은 나쁜 인간이라는 게 문제지."

알료샤는 이제 거의 울먹이다시피 하며 벨랴예프의 팔을 잡고 매달렸다.

"아저씨, 저랑 약속했잖아요."

"시끄러워. 이건 약속보다 더 중요한 일이야. 난 화가 나서 참을 수가 없다고!"

벨랴예프는 아이의 손을 거칠게 뿌리쳤다. 이바노브나가 눈물을 흘리며 고개를 절레절레 흔들었다.

"알료샤, 너 그동안 엄마 몰래 정말 아빠를 만났니?"

하지만 아이는 두려움에 가득 찬 눈으로 벨랴예프를 쳐다보기만 할 뿐 아무 대꾸도 하지 못했다.

"아니야. 그럴 리가 없어. 펠라게야한테 물어봐야겠다."

이바노브나는 황급히 밖으로 나갔다.

"아저씨, 저하고 약속했잖아요."

알료샤가 온몸을 부들부들 떨며 금방이라도 울음을 터뜨릴 듯한 얼굴로 말했다.

벨랴예프는 무심하게 손을 내저으며 계속해서 응접실 안을 걸어다닐 뿐이었다. 그는 화가 좀처럼 가라앉지 않아서 아이에게 신경을 쓸 수가 없었다. 마음속의 분노가 어찌나 컸던지 눈앞에 있는 알료샤와 소냐가 눈에 보이지도 않았다.

알료샤는 한쪽 구석에 몸을 잔뜩 웅크리고 앉아서 소냐에게 속삭이고 있었다.

"아, 아저씨가 나, 나를 소, 속였어. 나, 나를 소, 속였다고!"

아이는 말을 심하게 더듬었고, 눈에서는 굵은 눈물이 주르륵 흘러내렸다. 아이는 세상에 태어나서 처음으로 거짓과 정면으로 맞닥뜨려서 정신이 하나도 없었다. 이전까지 아이는 맛있는 파이와 멋진 시계처럼 눈에 보이는 것과 보이지 않는 마음이 똑같다고 생각했다. 말로는 표현하지도 못하고, 눈에 보이는 것과 전혀 다른 어떤 것들이 존재한다는 것을 아이는 그때까지 전혀 알지 못했다.

누렁이

'이게 무슨 일이지? 내가 길을 잃은 건가!'
개가 사람이었다면 이런 생각을 한다고
짐작할 수 있는 몸짓이었다. 개의 이름은 '누렁이'였다.
누렁이는 무척 영리한 개였지만 어쩌다 보니
낯선 길에 혼자 남겨졌다.

여우를 많이 닮은 갈색 개가 인도를 따라 불안하게 뛰어다니고 있었다. 개는 큰 소리로 짖어 대면서 발을 이쪽저쪽 번갈아 들어 올렸다.

'이게 무슨 일이지? 내가 길을 잃은 건가!'

개가 사람이었다면 이런 생각을 한다고 짐작할 수 있는 몸짓이었다.

개의 이름은 '누렁이'였다. 누렁이는 무척 영리한 개였지만 어쩌다 보니 낯선 길에 혼자 남겨졌다.

누렁이의 주인은 가구나 소품을 만드는 소목장이(나무로 가구나 문방구 따위를 만드는 일을 하는 사람) 루카 알렉산드로비치였다.

오늘 아침에 그는 모자를 쓰고, 겨드랑이에 빨간 보자기로 싼 뭔가를 끼고 이렇게 외쳤다.

"누렁아, 가자!"

누렁이는 그 소리를 듣자마자 작업대 밑에서 뛰쳐나왔다.

"오늘은 이 물건을 아주 먼 곳까지 배달을 해야 해. 그러니 서둘러. 갈 길이 바빠."

주인은 누렁이를 재촉하며 길을 나섰다.

주인은 길을 가는 동안 몇 번이나 술집에 들러서 술을 한 잔씩 마시며 지친 몸을 추스르곤 했다.

누렁이는 길을 걷는 동안 기분이 좋아서 연신 폴짝폴짝 뛰어올랐고, 큰 소리로 왕왕 짖어 대며 마차를 향해 돌진하기도 했다. 또 다른 개들을 만나면 함께 어울려서 남의 집 마당을 뛰어다녔다.

주인은 누렁이가 눈앞에서 사라질 때마다 걸음을 멈추고 화가 나서 소리쳤다.

"이놈아, 또 어디로 가 버린 거야?"

하지만 누렁이는 여전히 흥분을 가라앉히지 못한 채 틈만 나면 길을 벗어났다. 참다못한 주인은 누렁이의 귀를 세게 잡아당기며 마지막으로 으름장을 놓았다.

"너 이놈, 한 번만 더 제멋대로 굴면 가만 안 둘 테다. 가만히 좀 있어."

그러고 나서 주인은 다시 걸음을 재촉했고, 점심 무렵 물건을 주문한 사람이 사는 곳에 도착했다.

물건을 전해 주고 오는 길에 그는 여동생의 집에 들러 목을 축이고, 점심 식사도 했다. 그곳에서 나온 다음 평소에 알고 지내는 재봉공에게 들렀다. 거기서 다시 술집으로, 또 오랜 친구 집으로……. 그렇게 해서 누렁이가 이 낯선 길에 다다랐을 때는 이미 해가 저물고 있었으며, 주인은 잔뜩 취한 상태였다.

주인은 혀 꼬부라진 소리로 알아듣지도 못할 말을 중얼거리며

팔을 사방으로 휘 내저었다. 그러다 갑자기 누렁이를 부르더니 아주 다정하고 부드러운 목소리로 중얼거렸다.

"누렁이 이놈, 넌 벌레만도 못한 녀석이야. 사람들이 너를 그만큼 우습게 본다는 뜻이지. 그건 목수들이 나 같은 소목장이를 대하는 것하고 똑같아."

그는 얼굴을 일그러뜨린 채 코웃음을 치다가 허공에 대고 고래고래 소리를 질렀다.

"흐흐흐, 널 우습게 본다고, 알아?"

그때 바로 옆에서 음악 소리가 크게 들려 왔다. 누렁이는 소리 나는 쪽으로 고개를 돌렸다가 길을 따라 길게 줄지어 서서 걸어오고 있는 병사들을 보았다.

귀에 거슬리는 음악 소리에 누렁이는 몹시 흥분해서 펄쩍거리며 짖어 댔다. 점점 가까이 다가오는 병사들도 위협적인 존재라고 생각했기 때문에 누렁이의 짖는 소리는 더욱 커졌다.

그런데 주인은 병사들이 다가오자 비틀거리던 몸을 세우고 큰 소리로 웃으면서 경례를 했다. 누렁이는 주인이 병사들을 공격하지 않는 게 이상해 보였다.

계속해서 다가오는 병사들을 보고 겁에 질린 누렁이는 슬금슬금 뒷걸음질 치며 혼자 길을 건너서 뛰어갔다.

얼마 후, 누렁이가 주인을 떠올리고 걸음을 멈추었을 때는 음악 소리가 전혀 들리지 않았다. 병사들의 행렬도 보이지 않았다. 누렁이는 주인이 있는 곳으로 다시 돌아갔다. 하지만 주인은 그곳에 없었다.

누렁이는 이리저리 뛰어다니며 주변을 구석구석 살폈지만 주인은 땅으로 꺼져 버리기라도 한 것처럼 흔적조차 없었다.

누렁이는 주인의 냄새를 찾아보려고 길바닥에 코를 박고 킁킁거렸지만 강한 고무 냄새 때문에 주인의 흔적을 찾을 수가 없었다.

누렁이가 주인을 찾으려고 사방으로 뛰어다니는 동안 날은 이미 어두워졌다. 길가의 가로등에 불이 켜지고, 건물 창문에도 하나둘 불빛이 비쳤다. 어느새 함박눈이 펑펑 내려 말잔등과 마차 지붕이 금세 하얗게 뒤덮였다.

날이 어두워질수록 거리를 오가는 사람들은 점차 늘어났다. 사람들은 누렁이를 툭툭 차면서 무심하게 바삐 지나갔다.

누렁이에게 세상의 모든 인간은 두 종류로 나뉘어졌다. 하나는 주인이었고, 나머지는 주인에게 물건을 주문하는 사람들이었다. 그 둘 사이에는 아주 큰 차이가 있었다. 주인은 누렁이를 때릴 수 있는 반면, 주문자들은 누렁이가 장딴지를 물어서 공격할 수 있는 무리였다.

누렁이는 자신에게 아무런 관심도 주지 않는 주문자들을 물끄러미 바라보았다.

이제 주위는 완전히 어두워졌다. 절망과 공포가 누렁이에게 몰려왔다. 누렁이는 어느 집 문 앞에 앉아서 구슬프게 울기 시작했다. 주인을 따라 나선 하루 동안의 여행으로 누렁이는 몹시 지쳐 있었고, 귀와 다리는 꽁꽁 얼어붙었다.

재봉공의 집에서 밀가루 풀을 조금 얻어먹고, 주인이 들렀던 술집 계산대 근처에서 소시지 껍질을 주워 먹은 것 외에는 아무것도 먹지 못했기 때문에 배도 무척 고팠다.

누렁이는 처량한 모습으로 웅크리고 앉아서 어두운 거리를 바라보며 속으로 생각했다.

'아! 이렇게 살 수는 없어. 너무 비참해. 이 꼴로 사느니 차라리 죽는 게 나아……'

－ 2 －

누렁이는 아무 생각도 하지 않고 낑낑대며 울기만 했다. 함박눈이 계속 내려서 누렁이의 등과 머리를 하얗게 뒤덮었다. 기진맥진한 누렁이는 자기도 모르게 깊은 잠에 빠져 들었다.

얼마의 시간이 지났을까, 갑자기 현관문이 벌컥 열리면서 무엇인가가 누렁이 옆구리를 툭 쳤다. 누렁이는 깜짝 놀라서 풀쩍 뛰어올랐다.

곧바로 안에서 '주문자들'에 해당하는 어떤 사람이 걸어 나왔다. 누렁이는 기다렸다는 듯이 앓는 소리를 내며 그의 발밑에 엎드렸다. 그는 몸을 구부리며 다정하게 물었다.

"멍멍이로구나. 어디서 온 녀석이지? 혹시 내가 너를 다치게 한 거니? 저런, 가엾기도 해라. 널 다치게 했다면 내가 잘못했구나. 용서해 주렴."

누렁이는 눈을 가늘게 뜨고 낯선 남자를 살폈다. 그는 키가 작고 뚱뚱한 몸집에 두툼한 모피 외투를 걸치고 있었다. 남자는 꽤 다정한 목소리로 물었다.

"멍멍아, 네 주인은 어디 있니? 오호라, 그러고 보니 길을 잃은 모양이구나. 이 추운 날에 쯧쯧, 불쌍한 멍멍이. 널 어떻게 하면 좋을까!"

남자는 연신 누렁이의 등을 쓰다듬었다.

누렁이는 남자의 손을 핥으며 더욱더 처량하게 끙끙대는 소리를 냈다.

"그래. 착하지. 그런데 가만 보니 넌 참 우습게 생겼구나. 꼭 여우 같아. 그건 그렇고 우선 나랑 함께 가자. 네가 어딘가에 쓸모가

있을지 모르겠구나."

남자는 몸을 일으키며 따라오라는 손짓을 했다. 누렁이는 앞서 걷는 남자의 뒤를 졸졸졸 따라갔다.

삼십 분쯤 뒤에 누렁이는 크고 환한 방 한 구석에 앉아 있었다. 그곳에서 누렁이는 식탁에 앉아 음식을 먹고 있는 사람들을 살피고 있었다.

남자는 부지런히 식사를 하면서 중간중간 빵 조각과 치즈 껍질, 고깃덩어리, 케이크 조각, 닭뼈 따위를 누렁이에게 던져 주었다. 누렁이는 미처 맛을 느낄 수 없을 만큼 빠른 속도로 그것들을 삼켜 버렸다. 아무리 먹어도 배고픔이 좀처럼 가시지 않았다.

"네 주인이 너를 아주 굶긴 모양이구나."

처음 보는 사람이 누렁이가 음식을 씹지도 않고 삼키는 것을 알아채고 혀를 찼다.

"그런가 봐. 어쩌면 저렇게 말랐을까! 뼈와 가죽이 아예 붙어 버렸어."

다른 사람도 안타까운 얼굴로 중얼거렸다.

음식을 잔뜩 받아먹고도 여전히 배가 고파서 입맛을 다시던 누렁이는 방 한가운데에 길게 누웠다. 그리고 꼬리를 이리저리 흔들었다.

누렁이의 새 주인이 된 남자는 식사를 마친 후에 안락의자에 몸을 깊숙이 묻고 담배를 피우고 있었다.

그동안 누렁이는 고민에 빠졌다.

'소목장이 주인에게 돌아가는 게 나을까, 아니면 이 낯선 새 주인의 집에서 사는 게 나을까!'

누렁이는 집 안을 찬찬히 둘러보았다. 넓은 방 안에는 보잘것없는 살림살이가 몇 개 놓여 있을 뿐이었다. 안락의자와 소파, 양탄자 외에 특별한 장식품도 하나 없었다. 그래서 방이 텅 빈 것처럼 느껴졌다.

반면, 소목장이 주인의 집은 집 전체가 온갖 물건들로 가득 채워져 있었다. 책상과 작업대부터 톱밥더미, 여러 종류의 대패, 끌, 칼, 정, 풀, 심지어 수북한 먼지까지…….

다른 점은 그것말고도 또 있었다. 새 주인의 집에서는 아무 냄새도 나지 않았지만 소목장이 주인의 집은 언제나 안개가 뿌옇게 낀 듯한 공기 속에 기분 좋은 풀과 니스, 톱밥 냄새가 났다.

하지만 새 집에는 마음에 드는 게 한 가지 있었다. 그것은 바로 먹을 것을 충분히 준다는 점이었다. 누렁이가 식탁 앞에 앉아서 빤히 쳐다보고 있어도 남자는 누렁이를 발로 차거나 때리지 않았고, '저리 꺼져, 멍청한 녀석아!' 하고 소리치지도 않았다.

담배를 다 피운 남자는 밖으로 나가더니 곧 작은 방석을 들고 돌아왔다.

"멍멍아, 이리 와. 여기 누워서 편하게 자."

그는 누렁이를 방석 위에 눕게 한 다음 불을 끄고 나갔다.

누렁이는 눈을 감고 잠을 청했다. 밖에서 개 짖는 소리가 들렸다. 그러자 누렁이는 갑자기 우울해졌다. 소목장이 주인의 아들인 페두쉬카와 작업대 밑에 마련된 자신의 안락한 잠자리가 떠올랐기 때문이다.

누렁이는 눈을 감은 채 지난 일을 떠올렸다. 추운 겨울 밤, 소목장이 주인이 대패질을 하거나 신문을 읽을 때면 페두쉬카는 누렁이와 함께 놀았다.

"에잇, 어디를 도망가?"

아이는 누렁이의 뒷다리를 잡아끌면서 장난을 치곤 했다. 그때마다 누렁이는 눈앞이 노래지고 온몸의 관절이 쑤시고 아팠다. 또 아이는 누렁이 코에 소목장이의 담배를 들이밀고 독한 냄새를 맡게 하기도 했다.

하지만 무엇보다 누렁이가 괴로워한 장난은 아이가 고깃덩이를 실로 묶어서 누렁이에게 먹이고는 큰 소리로 웃으면서 실을 잡아당겨 그것을 다시 끄집어내는 것이었다.

그런 기억이 차례로 떠오르자 누렁이는 더욱 서글퍼져서 앓는 소리를 내며 눈물지었다. 전에는 끔찍했던 일들조차도 모두가 눈물 나도록 그립기만 했다.

　'페두쉬카도 내가 보고 싶을까?'

　이런저런 생각을 하며 몸을 뒤척이던 누렁이는 몹시 지쳐 있었던 탓에 곧 잠이 들었다. 꿈속에서 누렁이는 여러 마리의 개가 뛰어다니는 것을 보았다. 낮에 보았던 늙은 푸들도 그 무리에 섞여 있었다.

　푸들은 눈에 눈곱이 잔뜩 끼어 있었고, 코 주위에는 텁수룩한 털이 나 있었다. 페두쉬카는 제 아버지가 일할 때 쓰는 끌을 들고 그 푸들을 쫓아다녔다. 그런데 한순간, 아이가 텁수룩한 털로 뒤덮이는가 싶더니 개로 변해서 누렁이 옆에 와 있었다.

　누렁이는 개로 변한 아이와 서로 냄새를 맡으며 신나게 거리를 뛰어다녔다.

－ 3 －

　누렁이가 잠에서 깼을 때는 날이 환하게 밝아 있었다. 누렁이는 거리에서 들리는 소리에 귀를 기울이며 기지개를 켜고 일어나 방 안을 돌아다녔다. 우울한 기분이 또다시 몰려들었다.

누렁이는 가구 하나하나를 돌아보며 냄새를 맡고, 현관 쪽을 물끄러미 바라보았다. 하지만 흥미를 끄는 사람이나 물건을 아무것도 찾지 못했다.

한참 방 안을 어슬렁거리던 누렁이의 눈에 현관과 반대쪽에 있는 문이 보였다. 누렁이는 곧장 다가가서 문을 긁었다. 문은 크게 힘들이지 않고 열렸다.

방 안에서는 융단 이불을 덮은 주문자가 침대에 누워 자고 있었다. 그는 전날 본 남자였다. 누렁이는 꼬리를 흔들며 바닥에 떨어져 있는 옷과 장화의 냄새를 맡았다. 거기서는 말 냄새가 났다.

다시 방 안을 살피던 누렁이는 반대편에 나 있는 문을 발견하고 좀 전과 같은 방법으로 열었다. 그 방에서는 특이하면서도 뭔가 불길한 느낌을 풍기는 냄새가 났다.

누렁이는 문득 겁에 질려서 으르렁거렸다. 그리고 몇 초 지나지 않아서 끔찍한 무언가를 볼 수 있었다. 그것은 머리를 바닥으로 향한 채 날개를 넓게 펼치고 달려드는 회색 거위였다. 누렁이는 깜짝 놀라서 옆으로 몸을 피했다.

그곳에는 흰색 고양이 한 마리가 누워 있었다. 고양이는 누렁이를 보고 놀라서 몸을 벌떡 일으키고는 가르랑대는 소리를 냈다. 누렁이는 고양이의 날카로운 이빨과 발톱을 보고 몹시 놀랐지만 그런

마음을 들키지 않으려고 일부러 큰 소리로 짖으며 달려들었다.

고양이도 지지 않고 등을 곧추 세우고 쉭쉭 소리를 내며 발바닥으로 누렁이 머리를 때리려고 했다.

누렁이는 펄쩍 뛰어오르면서 고양이를 바닥에 눕히고 앞다리로 얼굴을 누르며 큰 소리로 짖었다. 바로 그때 회색 거위가 등 뒤로 다가와서 뾰족한 부리로 누렁이를 쪼아 댔다. 누렁이는 또다시 펄쩍 뛰어오르면서 거위에게 돌진했다.

그와 동시에 방문이 활짝 열리며 남자의 성난 목소리가 들렸다.

"이놈들, 왜 이렇게 소란스러운 거야! 다들 그만해. 당장 제자리로 가지 못해!"

가운을 걸친 남자는 담배를 물고 고양이에게 다가가서 손가락으로 등을 퉁기며 말했다.

"표트르 치모페이치, 지금 뭘 하시는 거죠? 혹시 싸우고 있었나요? 이 고약한 악당 같으니라고. 어서 자리에 누워."

그러고는 회색 거위를 향해 소리쳤다.

"이반 이바노비치, 제자리로 가."

그러자 고양이가 먼저 고분고분한 몸짓으로 자기 방석에 가서 살포시 누웠다. 고양이는 눈을 감은 채 숨을 거칠게 몰아쉬고 있었다. 거위는 목을 길게 빼고 소란스럽게 꽥꽥 대는 소리를 냈다.

"자, 자 이제 됐어. 그만해. 그만들 하라고. 모두들 사이좋게 지내야지."

남자는 하품을 하면서 말하고는 누렁이를 쓰다듬었다.

"그렇게 겁낼 것 없어. 모두들 좋은 친구니까. 사이좋게 지내도록 해. 그런데 너를 뭐라고 부르면 좋을까? 이름이 없으면 불편해서 말이야. 뭐라고 할까? 음……. 그래, 아줌마. 그거 괜찮네. 넌 이제부터 아줌마다."

남자는 '아줌마'를 몇 번 반복하고 나서 방을 나갔다.

누렁이는 조용히 앉아서 고양이와 거위를 지켜보았다. 고양이는 꼼짝도 하지 않고 자는 척했고, 거위는 여전히 목을 길게 빼고 시끄럽게 떠들어 댔다. 거위는 무척 영리해 보였다. 누렁이는 거위가 떠들어 대는 소리를 묵묵히 듣고 있다가 다 알았다는 뜻으로 '끄응' 하는 소리를 냈다.

심심해진 누렁이는 킁킁대며 방 안을 돌아다녔다. 그러다 한쪽 구석에 놓인 작은 그릇에서 젖은 완두콩과 호밀 껍질을 발견하고 맛을 보았다. 완두콩은 맛이 없어서 제쳐두고 호밀 껍질을 먹기 시작했다.

거위는 처음 보는 개에게 먹이를 빼앗기고도 아무 상관 없다는 듯 줄기차게 떠들어 대기만 했다. 누렁이는 거위가 자신의 먹이를 양보한 것에 대해 얘기한다는 것을 알 수 있었다.

한참 동안 쉬지 않고 떠들어 대던 거위는 자기 밥그릇 쪽으로 다가가서 완두콩 몇 개를 쪼아 먹었다.

− 4 −

얼마쯤 지나서 남자가 다시 들어왔다. 그는 'H' 자처럼 생긴 물건을 들고 있었다. 'H' 자 모양 나무 위에는 종이 달려 있었고, 그것은 권총과 한데 묶여 있었다. 종의 방울과 권총의 방아쇠에서는 줄이 길게 늘어져 있었다.

남자는 'H' 자를 바닥에 내려놓고 오랫동안 줄을 묶었다 풀었다 한 후에 거위에게 말했다.

"이반 이바노비치, 이리 와."

거위는 곧바로 그에게 다가가서 준비 자세를 취했다.

"자, 처음부터 다시 시작한다. 먼저 고개를 숙여서 인사부터 해야지."

그러자 거위가 목을 길게 빼더니 이쪽저쪽으로 고개를 끄덕였다. 남자가 흡족한 표정을 지으며 말했다.

"좋아. 아주 잘했어요. 그럼 이제 죽어!"

남자가 소리치자 거위는 바닥에 벌렁 드러누운 채 두 다리를 공

중으로 향하게 하고는 바르르 떨었다. 그것을 몇 번 반복한 남자
는 갑자기 겁에 질린 얼굴로 소리치기 시작했다.

"악! 불이다, 불! 불이야! 불! 불!"

그 소리를 들은 거위가 'H' 자가 있는 곳으로 달려가더니 부리로
밧줄을 당기며 종을 쳤다. 남자는 아주 만족스러운 얼굴로 거위의
목을 쓰다듬으며 말했다.

"아주 잘했어, 이반 이바노비치. 이제부터 너는 보석상이야. 그
런데 가게에 갔다가 거기서 도둑을 보았어. 그럼 넌 어떻게 해야
할까?"

남자의 말을 다 알아들었는지 거위는 부리로 다른 쪽 밧줄을 잡
아당겼다. 순간, 귀를 찢을 듯한 총성이 울려 퍼졌다.

누렁이는 그 소리가 무척 마음에 들었다. 그래서 'H' 자 주위를
뛰어다니며 경쾌하게 짖어 댔다.

"아줌마, 제자리로 가. 조용하란 말이야. 네가 나설 자리가 아니
야. 저리 가!"

남자가 소리쳤다.

거위의 훈련은 한 시간 내내 계속 됐다. 남자는 거위를 밧줄 위
로 걷게 했고, 장애물을 뛰어넘고 둥근 테를 지나서 한쪽 발로 서
게 했다.

누렁이는 그 모든 것들이 신기해서 자기도 모르게 큰 소리로 짖어 대며 거위 뒤를 따라다녔다.

이마에 맺힌 땀을 닦아 낸 남자가 문에다 대고 외쳤다.

"마리아, 하브로니야 이바노브나를 데려와."

곧 방문이 열렸고, 낯선 노파가 까맣고 못생긴 돼지 한 마리를 끌고 와서 방 안에 풀어놓았다.

누렁이가 잔뜩 경계하며 으르렁거리는데도 아랑곳하지 않고 돼지는 주둥이를 위로 쳐든 채 시끄럽게 꿀꿀거렸다. 아마도 주인 남자와 고양이, 거위를 보고 반가움을 표시하는 듯했다. 그래서 누렁이도 곧 으르렁대기를 멈췄다.

남자는 'H' 자를 치우고 나서 고양이를 불렀다.

"자, 표트르 치모페이치!"

고양이는 몸을 쭉 펴며 기지개를 켠 다음 거만한 자세로 돼지에게 다가갔다.

"지금부터 피라미드를 시작한다. 하나, 둘, 셋!"

남자가 숫자를 세자 제일 먼저 거위가 날개를 퍼드덕거리며 돼지 등 위로 날아올랐다. 뒤이어 고양이가 별것 아니라는 듯 느릿느릿 돼지 등 위에 기어 올라가서 몸을 곧추 세우고 섰다. 그렇게 해서 남자가 말한 피라미드 모양이 완성되었다.

누렁이는 감격에 차서 높이 뛰어올랐다. 바로 그때 고양이가 하품을 하다가 균형을 잃고 거위가 있는 쪽으로 넘어졌다. 거위도 균형을 잃고 쓰러졌기 때문에 피라미드는 무너져 버리고 말았다.

남자는 팔을 마구 흔들며 소리를 지르다가 동물들에게 무언가를 끈질기게 설명했다. 한 시간 넘게 피라미드를 훈련시키느라 힘을 뺀 남자는 거위가 고양이 등에 타고 걸어다니는 것과 고양이가 담배 피우는 것을 계속해서 가르쳤다.

몇 시간이나 이어진 훈련이 끝났을 때 남자는 이마에 흥건한 땀을 손으로 쓰윽 닦아 내고 방을 나갔다.

고양이는 몹시 지쳤는지 '훅훅' 하는 소리를 내며 신경질을 부리다가 방석 위에 누워서 눈을 감았다. 거위는 뒤뚱거리며 밥그릇을 향해 갔고, 돼지는 마리아라고 불린 할머니 손에 이끌려 밖으로 나갔다.

처음 보는 신기한 장면에 온통 정신을 빼앗긴 누렁이는 하루가 어떻게 지났는지도 모를 지경이었다.

그날 저녁, 누렁이는 자신의 방석과 함께 낮에 머물렀던 그 특이한 방으로 옮겨졌다. 어두컴컴한 그곳에서 누렁이는 고양이, 거위와 함께 지내게 되었다.

어느새 한 달이 지났다. 누렁이는 저녁마다 맛있는 음식을 얻어 먹으며 '아줌마'라고 불리는 데 익숙해졌고, 새 주인과 다른 동물들하고도 제법 가까워졌다. 하루하루는 아주 평화롭게 흘러갔다.

아침은 언제나 똑같이 거위의 수다로 시작되었다. 거위는 잠에서 깨자마자 누렁이와 고양이에게 다가와서 무언가에 대해 끊임없이 떠들어 댔다. 하지만 늘 그렇듯 무슨 말을 하는지는 한 마디도 알아들을 수 없었다.

거위를 처음 보았을 때, 누렁이는 쉬지 않고 떠들어 대는 거위를 보고 그가 아주 똑똑하기 때문에 말이 많은 거라고 생각하며 존경어린 눈으로 바라보았다. 그러나 얼마 지나지 않아서 존경심은 완전히 사라졌고, 거위가 다가오면 지겹다는 듯 얼굴을 찡그리게 되었다.

거위는 모두의 단잠을 깨우는 수다쟁이일 뿐이었다.

"어휴, 또 시작이군."

거위가 시끄럽게 꽥꽥대기 시작하면 누렁이는 한숨을 내쉬며 귀를 틀어막곤 했다.

거위와 반대로 고양이는 잠에서 깨도 조용히 눈을 감고 앉아 있었다. 그가 그렇게 행동하는 것은 주위에서 일어나는 일에 아무런 관심도 없기 때문이었다. 그는 어떤 일에도 흥미를 보이지 않았으며, 모든 것을 못마땅한 눈으로 바라보았다.

고양이는 맛있는 음식을 먹을 때조차도 신경질을 부리는 별난 녀석이었다.

누렁이는 잠에서 깨면 방을 이리저리 돌아다니며 냄새를 맡았다. 그 집에서 집 전체를 돌아다니는 게 허락된 동물은 누렁이와 고양이뿐이었다. 거위는 지저분한 벽지로 도배된 방에서 벗어날 수 없었고, 돼지는 마구간에서 지내다가 훈련 시간에만 밖으로 나올 수 있었다.

주인은 오전 늦게까지 잠을 잤고, 일어나면 차를 마신 뒤 정해진 시간에 똑같은 일을 반복했다. 그는 매일같이 'H' 자와 채찍, 둥근 테를 가지고 와서 훈련을 시작했다.

훈련은 서너 시간 동안 계속되었는데 끝날 때가 되면 고양이는 지쳐서 술에 취한 것처럼 비틀댔고, 거위는 숨을 거칠게 내쉬었으며, 주인은 얼굴이 빨갛게 달아올랐다.

저녁때가 되면 주인은 어김없이 거위와 고양이를 데리고 어디론가 나갔다.

'아! 쓸쓸해.'

혼자 남은 누렁이는 갑자기 우울해져서 아무것도 하기 싫어졌다. 그는 음식을 먹고 싶은 생각도, 방 안을 뛰어다니고 싶은 생각도 없어져서 눈을 감은 채 가만히 앉아 있기만 했다. 그것만 빼면 새로운 생활은 그런 대로 만족스러웠다.

이제 누렁이는 새 삶에 완전히 적응했고, 포동포동 살이 오른 응석받이 개로 변해 갔다.

그러던 어느 날, 주인이 훈련을 시작하기 전에 누렁이 등을 쓰다듬으며 말했다.

"아줌마, 지금까지 그만큼 빈둥거렸으면 이제 슬슬 일을 시작해야겠지! 난 말이야, 너를 배우로 만들고 싶은데 네 생각은 어때?"

주인은 그때부터 누렁이를 훈련시키기 시작했다. 맨 처음에 누렁이는 뒷다리로 서서 걷는 것을 배웠다. 그것은 무척 재미있는 훈련이었다. 두 번째 훈련은 뒷다리로 높이 뛰어올라서 주인이 들고 있는 각설탕을 잡는 것이었다.

그리고 러시아 민속춤을 배우고, 밧줄 위를 뛰어다니고, 음악에 맞춰 짖으며, 종을 치거나 총을 쏘는 것 따위를 차례로 배웠다.

누렁이는 충실하게 훈련을 한 결과 한 달 후에는 고양이를 대신해서 이집트 피라미드까지 할 수 있게 되었다. 누렁이는 모든 훈련이 무척 즐거웠고, 훈련에 성공할 때마다 기쁨에 차서 큰 소리로 짖어 댔다.

"오호, 아줌마, 아주 대단한걸! 이렇게 뛰어난 재능을 가졌을 줄은 꿈에도 몰랐는데 정말 완벽해. 넌 앞으로 크게 성공할 거야. 하하하!"

주인은 몹시 기뻐했다. 그 말을 들을 때마다 누렁이는 기분이 좋아서 펄쩍펄쩍 뛰어올랐다.

− 6 −

누렁이는 험상궂게 생긴 경비가 빗자루를 들고 쫓아오는 꿈을 꾸다가 놀라서 눈을 떴다. 방 안은 어둡고 답답했으며, 무서울 만큼 조용했다. 그때 벼룩이 누렁이를 물었다. 그는 움찔해서 몸을 더욱 움츠렸다.

예전에 누렁이는 어둠을 겁낸 적이 한 번도 없었다. 하지만 지금은 어둠이 너무도 두려웠다. 그는 고양이 밥그릇에서 몰래 훔쳐내어 거실에 있는 장롱과 벽 사이에 숨겨 놓은 닭발을 생각했다. 맛있는 음식을 떠올리면 두려움이 어느 정도 사라지기 때문이었다.

'닭발이 그대로 있는지 한번 가 볼까! 주인이 찾아내서 먹어 버렸으면 어쩌지!'

누렁이는 당장이라도 가서 확인해 보고 싶었다. 하지만 아침까지는 절대로 방 밖에 나가면 안 되기 때문에 다시 눈을 감고 애써 잠을 청했다.

바로 그때, 정신이 번쩍 날 만큼 괴상한 소리가 들렸다. 자세히 들어 보니 그것은 거위의 목소리가 분명했다. 그런데 그의 목소리는 여느 때와 달리 비명에 가까운 것이었다. 깜짝 놀라서 몸을 벌떡 일으킨 누렁이는 무슨 일인지 궁금해서 주위를 살펴보았지만 방 안이 너무 어두워서 아무것도 보이지 않았다.

"도대체 무슨 일이지!"

누렁이는 신경을 바짝 세우고 소리 나는 쪽에 귀를 기울였다. 다행히 얼마 후에 방 안은 다시 잠잠해졌다. 누렁이는 조금씩 마음이 가라앉아서 꾸벅꾸벅 졸기 시작했다.

곧 잠이 든 누렁이는 꿈속에서 검은 개 두 마리를 보았다. 덩치가 큰 개들은 김이 무럭무럭 오르는 국물을 게걸스럽게 먹어 대고 있었다. 그러다 누렁이를 힐끔 돌아보더니 사납게 으르렁대며 말했다.

"저리 가. 넌 맛도 못 볼 테니까."

그 순간, 모피 외투를 입은 남자가 달려와서 채찍을 휘두르며 검은 개들을 쫓아 버렸고, 누렁이는 그들이 먹다 만 국물을 마음껏 먹었다. 그런데 남자가 집 안으로 들어가자마자 다시 돌아온 개들이 사납게 짖어 대며 누렁이에게 달려들었다.

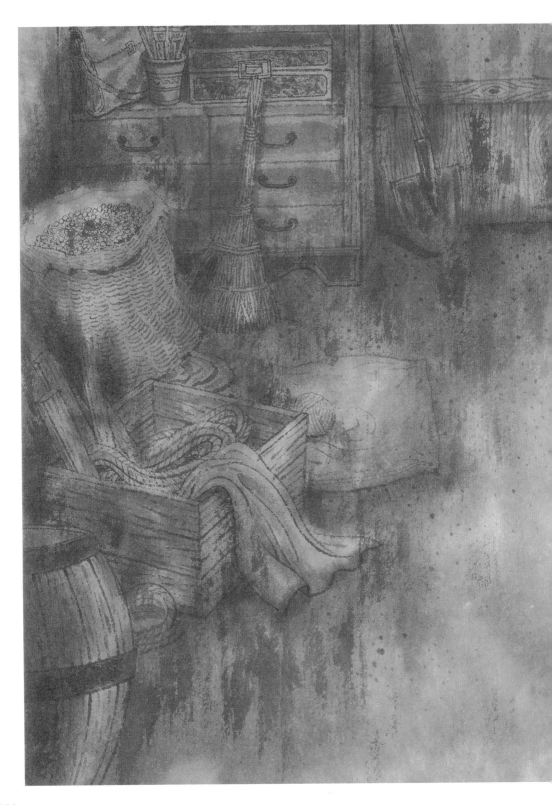

누렁이가 겁에 질려서 눈을 질끈 감았을 때 찢어질 듯한 거위의 비명이 들렸다.

그 소리에 누렁이는 눈을 번쩍 뜨고 일어나서 나지막한 소리로 짖어 댔다. 그러자 마구간의 돼지가 꿀꿀거렸고, 곧이어 손에 촛불을 든 주인이 실내화를 끌며 방으로 들어왔다.

누렁이는 얼른 방 안을 둘러보았다. 특별히 이상한 것은 보이지 않았다. 거위는 바닥에 앉아서 두 날개를 쭉 편 채 부리를 벌리고 있었다. 고양이도 비명 때문에 잠이 깼는지 졸린 눈으로 주위를 두리번거렸다.

"이반 이바노비치, 무슨 일이야? 어디 아프니?"

주인이 거위의 목을 어루만지며 물었지만 거위는 아무 일도 없었다는 듯 얌전히 앉아 있었다.

"녀석도 참. 왜 소리를 질러서 잠을 깨우는 거야. 난 무슨 일이라도 생긴 줄 알았구먼."

주인은 잠깐 동안 거위를 살피고 나서 밖으로 나갔다.

방 안은 다시 어두워졌고, 누렁이는 무서워서 몸을 부들부들 떨었다. 거위는 더 이상 비명을 지르지 않았지만 누렁이는 어둠 속에 낯선 누군가가 서 있는 것처럼 느껴져서 좀처럼 두려움을 떨쳐 내지 못했다.

누렁이는 아침이 되기 전에 뭔가 나쁜 일이 일어날 것만 같은 예감에 사로잡혔다. 고양이도 방석 위에 서서 서성대는 걸 보니 불안감을 느낀 게 분명했다.

누렁이가 안절부절못하고 있을 때 바로 옆에서 초록색 불빛 두 개가 번쩍 빛났다. 고양이가 어느새 옆으로 다가온 것이었다. 겁에 질려 있던 누렁이는 아무 말도 하지 않고 고양이에게 몸을 기댔다. 그때 거위가 또다시 비명을 질렀다.

"꽤애애애액!"

곧바로 문이 열리면서 주인이 촛불을 들고 다시 나타났다. 거위는 아까와 똑같은 자세로 앉아서 눈을 감고 있었다.

"이봐, 이반 이바노비치! 도대체 무슨 일이야? 응, 도대체 왜 그러냐고!"

주인이 큰 소리로 불렀지만 거위는 꼼짝하지 않았다.

주인은 한참 동안 거위를 살피다가 자신의 머리를 감싸쥐고 소리쳤다.

"오! 맙소사! 네가 낮에 말한테 치였던 걸 깜박했구나. 세상에, 이 일을 어쩌면 좋아."

누렁이는 무슨 일이 일어났는지는 확실히 알 수 없었지만 불길한 느낌이 더욱 강하게 들어서 창문을 향해 짖기 시작했다.

"아줌마, 조용히 해. 이반 이바노비치가 죽어가고 있어. 우린 이제 어떡하지!"

주인은 한숨을 푹푹 내쉬다가 머리를 흔들며 자기 방으로 돌아갔다. 누렁이는 그 방에 남아 있기 싫어서 주인을 따라갔다.

"아, 어떡해. 이반 이바노비치가 죽어가고 있어!"

주인은 계속해서 머리를 쥐어뜯으며 불안해했다.

누렁이는 주인의 언저리를 맴돌며 눈치를 살폈다. 언제 따라왔는지 고양이가 주인의 자리에 붙어서 몸을 비벼 댔다.

잠시 후에 주인은 작은 접시에 물을 담아서 다시 거위에게 갔다. 누렁이도 고양이와 함께 그를 따라갔다.

"이반 이바노비치, 이것 좀 마셔. 오! 가엾은 귀염둥이 같으니라고. 어서 눈을 뜨고 물을 마시란 말이야. 제발, 눈을 떠. 죽으면 안 돼. 힘을 내!"

주인이 간절하게 말하며 부리에 물을 조금씩 부어 주었지만 거위는 여전히 꼼짝도 하지 않았다.

"다 끝났어. 다 끝나 버렸어. 이반 이바노비치는 죽어 버렸어. 죽어 버렸다고. 흑흑."

주인의 두 볼에서 눈물이 주르륵 흘러내렸다.

"너 없이 앞으로 모든 걸 어떻게 해 나갈 수 있을까!"

주인은 울먹이는 목소리로 말하며 한숨을 내쉬었다.

누렁이는 거위를 뚫어져라 바라보았다. 그러자 온몸에 오싹 소름이 돋았다. 바로 눈 앞에서 맞닥뜨린 죽음은 말로 표현할 수 없을 만큼 무시무시한 공포를 안겨 주었다. 매사에 관심없고 시큰둥하던 고양이조차도 한없이 쓸쓸하고 우울한 얼굴로 거위를 빤히 바라보았다.

날이 밝자 경비가 들어와서 거위를 어디론가 가져갔다. 얼마 후에는 노파가 들어와서 거위의 밥그릇을 치워 버렸다. 방 안에는 처음부터 거위가 없었던 것처럼 모든 흔적이 사라졌다.

누렁이는 거실로 가서 장롱 옆을 살폈다. 닭발이 먼지와 거미줄을 뒤집어쓴 채 그 자리에 놓여 있었다. 하지만 누렁이는 조금도 기쁘지 않았다. 기쁘기는커녕 엉엉 소리내어 울고 싶을 만큼 서글펐다. 누렁이는 소파 밑으로 기어 들어가서 아주 서럽게 울기 시작했다.

- 7 -

어느 날 저녁, 주인이 방에 들어오더니 손바닥을 싹싹 문지르며 말했다.

"아줌마, 난 오늘 너랑 표트르 치모페이치를 같이 데려갈 거야. 이집트 피라미드에서 넌 이반 이바노비치를 대신하게 될 거다. 그런데……. 네가 제대로 할 수 있을까! 아직 완전히 훈련시키지도 못했고, 총연습도 거의 못 해 봤는데 어떡하지! 만일 실패하면 내가 그동안 쌓아온 명성을 한꺼번에 잃을 수도 있는데…….”

주인은 걱정스러운 얼굴로 누렁이를 바라보다가 밖으로 나가서 모피 외투를 입고 돌아왔다. 그리고 고양이를 잡아서 외투 가슴팍에 집어넣었다. 고양이는 아무래도 상관없다는 듯 눈을 감고 가만히 있었다.

“아줌마, 가자.”

그 말에 누렁이는 꼬리를 흔들며 주인을 따라나섰다.

주인은 썰매를 타고 가서 수프 그릇을 뒤집어놓은 그릇처럼 생긴 집 근처에 멈췄다. 그 집은 삼면이 유리로 되어 있었고, 입구에는 대낮처럼 환하게 불이 밝혀져 있었다. 문이 소리를 내면서 열릴 때마다 새로운 사람들이 안으로 들어갔다.

사람들은 무척 많았고, 이따금 입구 쪽으로 말들이 달려 나오기도 했다.

주인은 누렁이를 잡아서 고양이가 들어 있는 외투 가슴팍에 집어넣었다. 외투 속은 컴컴하고 답답했지만 한결 따뜻했다. 누렁이는 고양이가 불편해하지 않도록 조심하면서 머리를 살짝 내밀었다.

순간, 화려한 불빛 속에서 온갖 괴물들이 득실거리는 장면이 눈에 들어왔다. 누렁이는 깜짝 놀라서 얼른 주인의 외투 속으로 들어갔다.

잠시 후에 주인이 외투를 열면서 큰 소리로 말했다.

"자, 뛰어내려!"

이말이 떨어지자마자 누렁이는 고양이와 바닥으로 풀쩍 뛰어내렸다. 그곳은 거울이 달린 작은 책상과 의자, 여기저기 걸려 있는 넝마 조각 외에 다른 가구라고는 하나도 없는 작은 방 안이었다. 방 한쪽 벽에서는 부채 모양의 불꽃이 타고 있었다. 고양이는 의자 밑으로 어슬렁어슬렁 들어가 길게 누웠다.

주인은 몹시 흥분해서 겉옷을 모두 벗고 속옷만 걸친 채 거울을 보며 이상한 놀이를 하기 시작했다. 꼬불꼬불한 가발을 썼고, 얼굴에 하얀 칠을 했다. 그러고 나서 누렁이가 어디에서도 본 적이 없는 옷을 걸쳐 입었다.

그 옷은 커다란 꽃무늬가 있고, 통이 엄청나게 넓어서 웬만한 집의 커튼이나 가구 덮개로 쓰일 법한 것이었다. 주인은 그 위에 톱니 모양의 깃이 달리고 등에 금색 별이 그려진 점퍼를 입고, 알록달록한 스타킹과 녹색 장화를 신었다.

누렁이는 하얀 얼굴을 한 자루 같은 사람이 주인이라는 게 믿어지지 않았다. 냄새나 목소리는 틀림없이 주인이었지만 아무리 봐도 낯선 사람 같았다. 누렁이는 갑자기 무서워졌다. 당장이라도 그곳에서 도망치고 싶었다. 어디선가 시끄러운 음악 소리가 들리고, 환호성 같은 외침이 들렸다. 누렁이는 점점 더 불안해졌지만 고양이는 의자 밑에 태연하게 앉아서 꾸벅꾸벅 졸고 있었다.

그때 연미복(남자용 서양 예복)을 차려입은 사람이 방 안으로 고개를 들이밀고 말했다.

"다음이 당신 순서예요."

주인은 아무 대꾸도 하지 않고 책상 밑에서 자그마한 가방을 꺼내들었다. 그의 숨소리는 거칠어졌고, 손가락은 가늘게 떨리고 있었다.

"다음은 므시외 조르주입니다."

문 앞에서 누군가 이렇게 외치는 소리가 들리자 주인은 자리에서 일어났다. 그리고 성호를 그은 다음 의자 밑에 들어가 있는 고양이를 집어서 가방에 넣었다.

"아줌마, 어서 가자."

주인의 말을 듣고 누렁이는 어리둥절해하며 옆으로 다가갔다. 주인은 누렁이도 고양이가 들어가 있는 가방 옆에 넣었다.

가방 속은 캄캄했다. 누렁이는 고양이 옆에 바짝 붙어서 가방을 긁어 댔다. 너무 무서워서 짖을 수조차 없었다. 가방은 얼마 동안

출렁거리면서 어디론가 가는 듯했다.

"여러분, 제가 다시 왔습니다."

주인이 소리치는 것과 동시에 가방이 멈췄다. 시끄러운 박수 소리와 함성이 울려 퍼졌다. 주인은 큰 소리로 웃고 나서 소리쳤다.

"여러분, 저는 기차 역에서 지금 막 도착했습니다. 얼마 전에 할머니가 돌아가셨는데 저에게 아주 큰 유산을 남겨 주셨지요. 이 가방 속에 그 유산이 들어 있답니다. 여기서 돈이 와르르 쏟아지면 어떻게 될까요? 기대하세요. 자, 그럼 한번 열어보겠습니다."

말 끝에 가방 자물쇠가 움직이는가 싶더니 이내 강한 빛이 쏟아졌다. 누렁이는 얼굴을 찡그리며 밖으로 뛰어나와서 주인의 주위를 경중경중 뛰어다녔다.

"이놈아, 넌 뭘하고 있는 거야?"

주인은 고양이를 집어 들어서 누렁이와 함께 품에 껴안았다. 누렁이는 주인의 품에 안겨서 낯선 세상을 찬찬히 훑어보았다. 그리고 화려한 불빛과 객석을 가득 메운 사람들을 보는 동안 기쁨과 환희에 차서 가슴이 마구 요동치는 걸 느꼈다.

흥분한 누렁이는 주인의 품에서 빠져나와 팽이처럼 뱅글뱅글 돌기 시작했다. 불빛도, 사람들도 빙글빙글 돌았다.

"아줌마, 자리에 앉아요."

누렁이는 훈련을 할 때 들었던 말을 기억해 내고 등받이가 없는 의자 위로 뛰어올라가서 앉았다.

주인은 약간 긴장한 듯했지만 큰 소리로 웃으면서 많은 사람들 앞을 분주하게 왔다갔다 했다. 누렁이는 주인의 기분이 좋아 보여서 마음이 놓였다. 수많은 사람들의 눈동자가 자신에게 향하고 있다는 걸 알고는 덩달아 마음이 들떠서 경쾌하게 짖어 댔다.

"아줌마, 잠깐 그대로 앉아 있어요. 먼저 표트르 치모페이치 아저씨와 민속춤을 춰야 하니까요. 자, 아저씨. 시작해 볼까요!"

주인이 말하자 고양이는 자리에서 일어나 흐느적거리며 춤을 추었다. 고양이는 여전히 시큰둥했고, 사람들과 주인을 비웃는 듯한 표정을 짓고 있었다. 고양이가 춤을 추다가 하품을 하고 자리에 돌아가서 앉은 후에 주인이 누렁이를 불렀다.

"자, 이번엔 아줌마 차례. 우리는 노래를 부르고 나서 춤을 추기로 해요."

주인은 다정하게 말하고 나서 피리를 꺼내 불기 시작했다. 누렁이는 의자 위에 서서 피리 소리에 맞춰 짖어 댔다.

"하하하! 대단한 개야!"

여기저기서 함성과 박수가 터져 나왔다. 주인은 인사를 하면서 계속 피리를 불었다.

그때 사람들 가운데서 누군가 외치는 소리가 들렸다.

"아빠, 저기 누렁이 같은데."

"그래, 저건 틀림없이 누렁이야."

곧이어 누군가 휘파람을 불었고, 어른과 아이가 입을 모아 소리쳤다.

"누렁아! 누렁아!"

누렁이는 깜짝 놀라서 소리 나는 쪽을 바라보았다. 누렁이는 그들이 옛 주인이라는 것을 단박에 알아챘다.

"멍, 멍멍!"

누렁이는 기쁨에 찬 소리로 짖어 대며 그리운 얼굴들을 향해 달려갔다. 귀를 찢을 듯한 함성과 휘파람 소리에 섞여서 누렁이를 애타게 부르는 아이의 목소리가 들려왔다.

"누렁아! 여기야, 여기! 누렁아!"

누렁이는 사람들의 어깨를 넘어서 정신없이 달려 나갔다. 하지만 아이는 위층에 있었고, 아무리 기를 쓰고 뛰어올라도 위층으로 가는 벽을 뛰어넘을 수가 없었다. 그러자 사람들이 손에서 손으로 누렁이를 옮겨 주었다. 누렁이는 순식간에 위층까지 가서 마침내 감격스러운 만남을 이루어 냈다.

30분쯤 지났을 때, 누렁이는 풀과 니스 냄새를 풍기는 사람들과 나란히 걸어가고 있었다. 그들은 소목장이 루카 알렉산드로비치와 그의 아들 페두쉬카였다.

"누렁아, 잘 들어. 넌 어딜 가나 달라지지 않아. 사람들이 너를 보는 눈은 목수가 나 같은 소목장이를 얕잡아 보는 것과 똑같아."

누렁이는 알 수 없다는 눈으로 소목장이를 힐끗 돌아보았다.

소목장이와 페두쉬카는 길을 따라 부지런히 걸어갔다. 누렁이는 조금 뒤떨어져서 그들을 따라갔다. 그것은 아주 익숙한 모습이었다. 누렁이는 한 번도 그들을 떠나지 않았던 것처럼 자연스럽게 걷고 있었다.

가는 동안 문득문득 더러운 벽지로 도배된 어두컴컴한 방과 거위, 고양이, 모피 외투를 입은 남자, 그리고 그곳에서 한 여러 가지 훈련들이 떠올랐다. 하지만 누렁이는 그 모든 것들이 마치 꿈속의 일처럼 아득하게만 느껴졌다.

내기

"아, 내가 어쩌자고 이런 내기를 했을까?
그 변호사가 인생에서 15년의 시간을 잃건,
내가 200만 루블을 얻건 도대체 무슨 의미란 말인가!
그것으로 사형이 나은지 종신형이 나은지 증명할 수 있는 것도
아니잖은가. 이건 정말 말도 안 되는 일이야."

어두운 가을 밤, 늙은 은행가가 사무실 안을 서성거리고 있었다. 그는 15년 전에 있었던 파티를 생각하는 참이었다. 그날 손님들 중에는 학자와 기자 등 제법 유식한 사람들이 많았다. 그들은 흥미로운 논쟁을 벌였는데, 그중에는 사형에 관한 주제도 있었다. 대부분의 사람들은 사형에 반대한다는 의견을 내놓았다.

"기독교 국가에서 사형은 아무런 이익이 없는 비윤리적 제도입니다."

"그래요. 여러 가지 문제를 고려해 봤을 때 사형 제도는 종신형(죄를 진 사람을 죽을 때까지 감옥에 가두는 형벌)으로 대체하는 게 바람직합니다."

몇몇 사람들이 제시한 의견에 많은 사람들이 동의한다는 뜻으로 고개를 끄덕였다.

그때 파티를 주최한 은행가가 말했다.

"난 그 의견, 종신형에 반대합니다. 내 생각에는 사형이 오히려 종신형보다 윤리적인 것 같은데요. 사형은 더 이상 고통을 느끼지 못하게 단번에 죽이지만 종신형은 고통을 길게 끌면서 천천히 죽이니까요. 여러분이 당사자라면 단번에 죽는 것과 긴 세월 동안 질질 끌면서 죽어 가는 것 중 어떤 쪽을 선택하시겠어요?"

"사형이든, 종신형이든 비윤리적인 건 마찬가지예요. 둘 다 사람의 생명을 빼앗는 게 목적이잖아요. 사실 국가는 신이 아닌데 무슨 권리로 사람의 생명을 빼앗을 수 있는지 난 모르겠어요."

손님들 중 한 사람이 말했다. 그러자 스물다섯 살쯤 된 젊은 변호사가 나서서 말했다.

"양쪽 다 비윤리적인 건 맞지만 제가 선택해야 하는 상황이라면 전 종신형을 택하겠습니다. 한순간 세상에서 사라지는 것보다는 천천히 사라지는 게 좋을 것 같아서요."

이후 손님들 사이에서 열띤 논쟁이 벌어졌다.

당시만 해도 젊고 혈기가 왕성했던 은행가는 몹시 흥분해서 변호사를 향해 소리쳤다.

"과연 그게 정말로 더 좋을까요? 당신이 독방에 갇혀서 5년 동안 지낼 수 있다면 200만 루블을 내놓겠소."

"진심이신가요? 그렇다면 5년이 아니라 15년으로 하죠. 당신이 200만 루블을 거는 대신 나는 15년간의 내 자유를 걸겠습니다."

"좋소."

은행가가 흔쾌히 대답하면서 이 황당하고도 어처구니없는 내기가 시작되었다. 당시 스스로 셈을 할 수 없을 만큼 돈이 많았던 은행가는 몹시 흥분했다.

그는 식탁에 모두 둘러앉아 저녁을 먹는 자리에서 말했다.

"젊은 변호사 양반, 지금이라도 포기하는 게 어떻겠소? 내가 200만 루블을 내놓는 건 별일 아니지만 당신은 인생의 황금기를 몇 년간 잃을 테니 말이오. 내가 '몇 년간'이라고 하는 건 당신이 그 이상 견디지 못할 것을 알기 때문이오. 당신은 감옥에서 아주 고통스러운 나날을 보낼 것이오. 쯧쯧, 난 당신이 안타까울 뿐이구려."

은행가가 혀를 차며 말했지만 변호사는 아무 말 없이 빙그레 웃기만 했다.

15년이 지난 지금, 은행가는 지난 일을 돌이켜보며 혼자 중얼거렸다.

"아, 내가 어쩌자고 이런 내기를 했을까? 그 변호사가 인생에서 15년의 시간을 잃건, 내가 200만 루블을 얻건 도대체 무슨 의미란 말인가! 그것으로 사형이 나은지 종신형이 나은지 증명할 수 있는 것도 아니잖는가. 이건 정말 말도 안 되는 일이야."

은행가는 계속해서 15년 전의 일을 떠올렸다. 변호사는 은행가의 집 정원에 있는 바깥채 건물에 갇혔고, 엄중한 감시를 받게 되었다. 그는 15년 동안 문밖으로 나올 권리와 살아 있는 사람들을 만날 권리, 편지나 신문을 받아 볼 권리를 빼앗겼다.

그에게 허락된 것은 악기를 지니거나 책을 읽고 편지를 쓰는 일, 술을 마시고 담배를 피우는 것뿐이었다. 그가 바깥세상과 통할 수 있는 출구는 작은 창문이 전부였다. 그는 악보나 책, 술 등 필요한 것을 메모지에 써서 창문을 통해 공급받을 수 있었다.

계약서는 완벽하게 독방에 갇히는 상황이 되도록 꼼꼼하게 검토해서 작성했다. 이로써 변호사는 정확히 1870년 11월 14일 12시부터 1885년 11월 14일 12시까지 감금당하게 되었다.

그가 약속된 기한에서 단 1분이라도 채우지 못한다면 은행가는 돈을 줄 필요가 없었다.

독방에 갇힌 첫해에 변호사는 무척 괴로워했다. 그의 짤막한 메모들은 그가 얼마나 무료하고 심심해하는지 잘 보여 주었다.

그가 갇혀 있는 바깥채에서는 밤낮없이 피아노 소리가 들려왔다. 그는 술과 담배를 거절했다. 그의 짧은 메모가 그 까닭을 설명해 주었다.

술은 인간의 욕망을 부추기는 것이고, 그 욕망은 갇혀 있는 자에게 가장 큰 적이다. 또한 담배는 좁은 공간의 공기를 탁하게 만든다.

첫해에 변호사는 애정 소설이나 탐정 소설, 코미디 같은 가벼운 내용의 책들을 주로 읽으며 지냈다.

다음 해에는 줄곧 이어지던 피아노 소리가 잠잠해졌고, 변호사는 창을 통해 고전을 가져다 달라는 메모를 전해 왔다. 5년째 되던 해에는 다시 피아노 소리가 들리기 시작했고, 술을 부탁하는 메모가 전달되었다.

창문을 통해 그를 지켜보던 사람은 변호사의 생활을 궁금해하는 사람들에게 이렇게 말했다.

"변호사는 하루 종일 먹고 마시고, 침대에 누워 있는 게 일이에요. 하품을 자주 하고, 신경질을 부리면서 혼잣말을 할 때도 있고요. 책은 읽지 않고 있어요. 이따금 글을 쓰느라 밤을 지새우는데 날이 밝으면 모두 찢어 버리더군요. 그리고 종종 흐느껴 우는 소리도 들렸어요."

그렇게 6년 반이 지났을 때부터 변호사는 외국어와 철학, 역사를 공부하기 시작했다. 그가 지독할 만큼 공부에 매달렸기 때문에 은행가는 책을 대주기가 벅찰 정도였다. 본격적으로 공부를 시작하면서 그가 주문한 책은 모두 600여 권에 달했다.

그사이 은행가는 변호사로부터 편지를 한 통 받았다.

친애하는 간수님, 저는 이 편지를 여섯 개의 언어로 쓰려고 합니다. 만일 제가 쓴 문장 가운데 틀린 곳이 한 군데도 없다면 정원에서 총을 한 발 쏘아 주세요. 그 소리를 들으면 제 노력이 헛되지 않았다는 것을 알 수 있을 테니까요.

세상의 많은 학자들이 오랜 세월에 걸쳐서 다양한 언어로 진리를 말했지요. 이제 나는 그들이 말한 진리를 모두 이해할 수 있게 되었습니다. 지금 내가 누리는 이 행복을 당신이 알 수 있을까요?

은행가는 편지를 전문가들에게 보여 주며 꼼꼼히 확인한 후 사람을 시켜 정원에서 총을 쏘도록 했다.

다시 세월이 흘러 10년째 되었을 때 변호사는 1년 내내 책상 앞에 붙어 앉아서 복음서(성서에서 예수의 삶과 죽음을 다룬 네 개의 이야기)만 읽었다.

'지난 4년간 600권이 넘는 전문 서적을 다 읽어 낸 사람이 두껍지도 않고, 어려운 내용도 없는 책을 읽는 데 1년이나 허비하다니 알 수 없는 일이군.'

은행가는 고개를 갸웃거리며 속으로 생각했다.

복음서를 이어 다양한 신학 서적들이 작은 창을 통해 안으로 들어갔다. 그리고 약속한 기간의 마지막 2년 동안 변호사는 온갖 종류의 책들을 닥치는 대로 읽어 나갔다. 책에 매달리는 그의 열정은 바다 한가운데서 살아남기 위해 무엇이든 보이는 대로 무조건 잡고 매달리는 인간의 모습을 연상시켰다.

− 2 −

늙은 은행가는 깊은 생각에 잠겼다.

'내일 밤 12시에 그는 자유를 얻을 것이고, 나는 약속한 200만 루블을 주어야 한다. 그러면 나는 파산하고 말겠지.'

15년 전에는 셈을 할 수 없을 만큼 돈이 넘쳐 났지만 주식과 투기에 매달리는 동안 그의 사업은 서서히 기울었다. 그래서 지금은 가진 돈보다 빚이 더 많아진 상황이었다.

"오, 이런! 망할 놈의 내기를 하다니!"

늙은 은행가는 머리를 감싸며 괴로워했다.

"그 변호사는 이제 마흔 살밖에 안 됐으니 내 마지막 재산을 다 끌어가서 인생을 즐기려고 할 거야. 그런데 난……. 난 파산할 일밖에 남지 않았어. 내가 살 수 있는 유일한 방법은 저 인간이 죽는 것뿐이야. 아! 이 일을 어쩌면 좋단 말인가!"

그는 밤이 깊도록 잠을 이루지 못하고 방 안을 서성거렸다. 그때 새벽 3시를 알리는 시계 종소리가 들렸다. 집 안은 쥐죽은 듯 고요

했고, 나뭇잎이 찬바람에 흔들리는 소리만 들려 왔다. 늙은 은행가는 뭔가 결심한 듯 금고에 다가가서 열쇠를 꺼내들었다.

그리고 외투를 입고는 밖으로 나갔다.

바깥은 무척 추운데다 비까지 내리고 있었다. 변호사가 있는 바깥채까지 간 은행가는 큰 소리로 경비원을 불렀다. 하지만 몇 번이나 불러도 아무런 대답이 없었다. 비를 피해 부엌이나 온실 어딘가에서 잠을 자는 게 분명했다.

'내가 일을 저지르면 제일 먼저 경비원이 의심을 받겠지!'

은행가는 어둠 속에서 손을 더듬거리며 바깥채의 현관을 열고 들어갔다. 그리고 좁은 복도를 지나가서 성냥을 켰다. 그곳에는 아무도 없었고, 변호사가 갇혀 있는 방문도 15년 전에 막아놓은 그대로였다.

성냥불이 꺼지자 은행가는 작은 창문에 얼굴을 내밀고 조심스럽게 안을 들여다보았다. 안에서는 촛불이 약하게 타고 있었고, 변호사는 책상 앞에 앉아 있었다. 5분 정도 지켜보는 동안 변호사는 단 한 번도 몸을 움직이지 않았다.

은행가가 일부러 창문을 똑똑 두드려 보았지만 변호사는 꼼짝하지 않았다.

은행가는 소리가 나지 않게 애쓰면서 방문을 막아 놓았던 종이를 뜯어 내고 자물쇠 구멍에 열쇠를 꽂았다. 낡아서 끼익 소리를 내는 자물쇠를 벗겨내고 문을 열자 삐걱거리는 소리가 어둠 속에 울려 퍼졌다. 은행가는 움찔해서 손을 멈췄다.

그는 당장이라도 변호사의 비명이 들릴 거라 짐작했다. 하지만 몇 분이 지나도록 문 안쪽에서는 아무 소리도 나지 않았다.

은행가는 용기를 내어 안으로 들어갔다. 책상 앞에는 치렁치렁한 곱슬머리와 텁수룩한 턱수염을 달고 있는 해골 같은 남자가 굳은 듯이 앉아 있었다. 그의 얼굴색은 흙빛이었고, 볼은 움푹 패어 있었으며, 등은 가늘고 길었다.

앙상한 팔은 차마 눈뜨고 보기가 안쓰러울 정도였고, 얼굴은 노인처럼 변해 있었다. 그가 마흔 살밖에 안 됐다고 하면 아무도 믿지 않을 것 같았다.

책상 위에는 자잘한 글씨가 빼곡하게 적힌 종이 한 장이 놓여 있었다.

'불쌍한 인간 같으니라고. 잠이 든 모양이지? 꿈속에서 돈뭉치라도 보고 있는 건가!'

은행가는 속으로 혀를 차며 산송장 같은 변호사를 들어서 침대에 던진 다음 베개로 누를 생각을 하고 있었다. 그러다 그는 문득 호기심이 생겨서 책상 위에 있는 종이를 집어들었다.

내일 밤 12시면 나는 자유를 얻고 사람들과 자유롭게 어울릴 권리를 되찾는다. 하지만 여기서 나가기 전에 나는 당신들에게 몇 마디 해 주고 싶다.

지난 15년간 나는 인간의 삶에 대해 많은 연구를 했다. 나는 줄곧 이 곳에 갇혀 있었지만 책 속에서 내가 원하는 모든 것들을 할 수 있었다. 당신들이 전해 준 책 속에서 나는 향기로운 술을 마시고, 노래를 불렀다. 숲에서 사슴과 멧돼지를 쫓기도 했고, 사랑하는 여인을 만나기도 했다. 아침마다 태양이 떠오르는 것을 보았고, 저녁이면 그 태양이 하늘을 붉게 물들이는 것을 보았다. 나는 초원과 숲, 강과 호수를 보았고, 목동들의 피리 소리를 들었으며, 악마와 신의 대화도 모두 엿들었다. 또 나는 기적을 일으키기도 하고, 종교를 널리 퍼뜨리고, 왕국을 정복하기도 했다. 책 속에서는 모든 것이 가능했다.

책은 나에게 끝없는 지혜를 안겨 주었다. 당신들이 수백 년에 걸쳐서 이룩해 낸 모든 것들은 내 머릿속에 차곡차곡 쌓여 있다. 이제 나는 당신들 중 누구보다도 현명하다. 하지만 나는 세상의 모든 책 또한 경멸한다. 인간들이 꿈꾸는 행복과 지혜가 모두 부질없다는 것을 알아 버렸기 때문이다. 당신들이 아무리 잘나고, 아름답고, 현명하다고 해도 죽음은 결국 모든 것을 쓸어버릴 것이다. 그리고 당신들의 후손들 역시 의미 없는 삶을 살다가 지구와 함께 모두 불타 없어질 것이다.

지금 당신들은 잘못된 삶을 살고 있다. 당신들은 거짓을 진실로, 추한 것을 아름다운 것으로 착각하며 살고 있다. 만일 사과나무나 오렌지나무에 개구리나 도마뱀이 열리고, 장미꽃에서 말의 땀 냄새가 난다면 당신들은 어떻게 하겠는가! 내가 지금 보는 당신들은 그것과 마찬가지로 세상의 가치를 뒤집어 버렸다. 나는 하늘을 땅으로 바꾸어 버린 당신들이 놀라울 뿐이다.

나는 당신들의 삶이 얼마나 어리석은 것인지 알려 주기 위해 한때 너무도 갈망했던 200만 루블을 거부할 생각이다. 지금 내게 200만 루블은 하찮은 쓰레기처럼 여겨진다. 나는 스스로 200만 루블을 받아 낼 권리를 버리기 위해 약속한 시간이 되기 다섯 시간 전에 여기에서 나갈 생각이다. 그렇게 함으로써 나는 이 내기에서 지게 되는 것이다.

그 내용을 다 읽은 은행가는 종이를 책상 위에 가만히 내려놓았다. 그리고 바로 앞에 앉아 있는 기인(성격이나 말, 행동 따위가 보통 사람과 다른 별난 사람)의 긴 머리에 입을 맞추고 나서 천천히 몸을 일으켜 밖으로 나갔다.

그의 눈에서는 눈물이 흘러내리고 있었다. 그는 지금껏 한 번도 느껴본 적이 없는 감정에 사로잡혀서 온몸을 바들바들 떨었다.

'난 정말 한심하기 짝이 없는 인간이야. 나 같은 인간은 아무 짝

에도 쓸모가 없어.'

은행가는 주식 투자를 했다가 엄청난 돈을 날렸을 때보다도 자신이 더 못나게 느껴져서 몹시 괴로웠다. 그는 집으로 돌아가서 침대에 누운 뒤에도 오래도록 잠을 이루지 못했다. 가슴은 좀처럼 진정이 되지 않았고, 눈물이 계속 흘러 내렸다.

다음 날 아침, 경비원이 파랗게 질린 얼굴로 달려와 말했다.

"바깥채에 있던 남자가 창문을 넘어 빠져나가서 대문을 지나 어디론가 사라져 버렸어요."

은행가는 당장 하인들과 함께 바깥채로 달려갔다. 그곳에서 그는 변호사가 도망친 것을 확인했다. 그는 잠시 생각에 잠겼다가 책상 위에 놓인 종이를 들고 나왔다. 그리고 자기 방으로 가서 금고 속에 그것을 집어넣었다.

'불필요한 시비가 일어나는 건 좋지 않아.'

금고 문을 잠그면서 그가 중얼거렸다. ✿

세계명작 시리즈와 함께 논리·논술 Level Up!

● 이해 능력 Level Up!

1. 「카멜레온」에 나오는 강아지는 누구의 개인가요?

   1) 오추멜로프   2) 순경   3) 흐류킨

   4) 장군   5) 장군의 동생

2. 「소년 반카」에 나오는 주인공 반카의 처지를 설명한 내용으로 알
   맞지 않은 것은 무엇인가요?

   1) 기술을 익히고 있다.
   2) 어려서 어머니에게 버림을 받았다.
   3) 가족은 할아버지밖에 없다.
   4) 고향을 그리워하고 있다.
   5) 지난 일을 잘 기억하고 있다.

3. 「굽은 거울」에 나오는 거울의 비밀은 무엇인가요?

   1) 아내가 바라는 얼굴만 보여 준다.
   2) 귀신이 깃들어 살고 있다.
   3) 여자 얼굴만 비춰 볼 수 있다.
   4) 고민에 대한 답을 알려 준다.
   5) 부부 사이를 화목하게 만든다.

4. 다음은 「귀여운 여인」의 일부분입니다. 글에 나타난 주인공의 성
   격을 바르게 설명한 내용은 무엇인가요?

   올렌카는 마음에 늘 사랑이 넘치는 여자였
다. 그래서 항상 누군가를 사랑하고 있었다.
어렸을 때는 아버지를 무척 따랐고, 2년에 한
번쯤 만나는 작은어머니를 사랑했다. 여학교
에 다니던 시절에는 프랑스어 선생님을 사랑
했다. 그녀는 마음씨가 곱고 인정이 많은 성격
을 지닌데다 귀여운 인상을 풍겼다.

   1) 나이보다 어려 보이려고 애쓴다.
   2) 바람둥이 기질을 타고 났다.
   3) 다정하고 밝은 성격을 타고 났다.
   4) 아무 생각 없이 누구나 좋아한다.
   5) 외로움을 잠시도 견디지 못한다.

5. 「실패」에서 부부가 실수한 가장 큰 이유는 무엇인가요?

   1) 자기네 딸이 너무 못생겼다.
   2) 침착하지 못하고 너무 서둘렀다.
   3) 청년이 어리석었다.
   4) 부부가 너무 가난했다.
   5) 부부가 너무 늙었다.

6. 「아버지」에서 아버지를 망가뜨리는 가장 큰 요인은 무엇인가요?

    1) 도박   2) 새 부인   3) 아들들

    4) 술   5) 노파들

7. 「농담」에서 나젠카가 썰매에 집착하는 까닭은 무엇인가요?

    1) 운동을 잘하려고   2) 청년에게 잘 보이려고

    3) 몸을 튼튼하게 하려고   4) 다른 취미가 없어서

    5) 사랑 고백을 들으려고

8. 「하찮은 일」에서 알료샤를 당황하게 만든 인물은 누구인가요?

    1) 벨랴예프   2) 아버지   3) 어머니

    4) 여자 친구   5) 누나

9. 다음은 「누렁이」의 일부분입니다. 누렁이에 대한 주인의 마음으로 알맞지 않은 것은 무엇인가요?

    30분쯤 지났을 때, 누렁이는 풀과 니스 냄새를 풍기는 사람들과 나란히 걸어가고 있었다. 그들은 소목장이 루카 알렉산드로비치와 그의 아들 페두쉬카였다.

    "누렁아, 잘 들어. 넌 어딜 가나 달라지지 않아. 사람들이 너를 보는 눈은 목수가 나 같은 소목장이를 얕보는 것과 똑같아."

1) 누렁이를 값비싼 개로 여긴다.

2) 누렁이를 식구처럼 여긴다.

3) 누렁이가 돌아와서 기쁘다.

4) 티는 안 내지만 누렁이를 아낀다.

5) 누렁이를 타이르는 마음이 엿보인다.

10. 「내기」에서 변호사를 가장 크게 변화시킨 것은 무엇인가요?

　　1) 돈　　　　　　2) 술　　　　　　3) 책

　　4) 담배　　　　　5) 약혼녀

11. 「카멜레온」에서 오추멜로프의 심리 변화를 상징하는 낱말은 무엇인가요?

　　1) 장작　　　　　2) 궐련　　　　　3) 군중

　　4) 외투　　　　　5) 거짓말

12. 다음은 「소년 반카」의 일부분입니다. 글에 나타난 반카의 심정으로 가장 알맞은 것은 무엇일까요?

첫 번째 글자를 쓰기도 전에 반카는 몇 번이나 흠칫흠칫 놀라며 문과 창문들을 바라보았고, 벽 양쪽으로 구두 모형을 얹어 놓은 선반의 축 늘어진 그림자를 곁눈질하며 몇 번이나 한숨을 내쉬었다.

1) 글쓰기를 두려워하고 있다.

2) 본래 무서움을 많이 탄다.

3) 기술이 늘지 않아 걱정한다.

4) 일이 너무 많아 고달프다.

5) 무슨 일인가 몰래 하느라 눈치를 보고 있다.

13. 「실패」에서 부부가 진심으로 바라던 바는 무엇인가요?

1) 딸의 결혼   2) 딸의 취직   3) 부자 사위

4) 큰 집   5) 외국 여행

14. 「귀여운 여인」에서 올렌카가 관심을 쏟았던 일이 아닌 것은 무엇인가요?

1) 연극   2) 도박   3) 목재상

4) 가축 질병   5) 교육

● 논리 능력 Level Up!

1. 「카멜레온」에서 누가 카멜레온인지 밝히고, 그렇게 생각한 이유를 설명해 보세요.

2.「굽은 거울」에서 마지막에 아내와 남편 모두 거울보기에 빠져든
   상황을 요약해서 설명해 보세요.

3. 다음은 「농담」의 결말 부분입니다. 내용을 읽고 주인공 '나'가 한 농담 때문에 나젠카의 삶이 어떻게 되었는지 정리해 보세요.

나는 예전에 그녀와 함께 썰매를 타러 다니면서 '나는 당신을 사랑해요.' 하고 말했던 일을 결코 잊지 않았다. 그리고 그 일이 그녀에게 평생 동안 가장 행복하고 아름다운 추억을 만들어 주었을 거라고 굳게 믿었다.

4. 다음은 「하찮은 일」의 한 부분입니다. 아이가 처음으로 맞닥뜨린 '거짓'이 무엇이고, 그것이 아이에게 어떤 상처를 주었는지 설명해 보세요.

"아, 아저씨가 나, 나를 소, 속였어. 나, 나를 속였다고!"

아이는 말을 심하게 더듬었고, 눈에서는 굵은 눈물이 주르륵 흘러내렸다. 아이는 세상에 태어나서 처음으로 거짓과 맞닥뜨려서 정신이 하나도 없었다.

5. 「아버지」에서 노인은 아들을 데리고 집으로 가는 동안 여러 차례 술집으로 뛰어갔다 옵니다. 이런 아버지의 행동은 어떤 의미를 지니고 있을까요?

6. 「누렁이」에서 새 주인(남자)이 길을 잃은 누렁이에게 처음부터 친절하게 대해 준 까닭은 무엇일까요?

7. 「내기」에서 은행가가 변호사를 죽이려고 했던 까닭을 설명해 보세요.

● 논술 능력 Level Up!

1. 「카멜레온」에서 오추멜로프가 사람이나 상황, 사태를 판단하는 기준(잣대)이 무엇인지 근거를 들어 설명해 보세요.

2. 여러분이 반카의 할아버지였다면, 반카에게 어떤 답장을 썼을까
   요? 할아버지와 반카의 처지를 두루 살핀 뒤에 편지의 핵심만 정
   리해 보세요.

3. 「귀여운 여인」에 나오는 올렌카의 성격에 대해서 긍정적인 면(장점)과 부정적인 면(단점)을 지적하고, 올렌카의 삶의 태도를 평가해 보세요.

4. 「굽은 거울」에서 '굽은 거울'의 의미를 해석하고, 여러분도 '굽은 거울'에 빠졌던 경험이 있는지 얘기해 보세요.

5. 「농담」에서 마지막 구절 '무엇 때문에 그녀에게 그런 농담을 했는지도…….'의 표현의 효과를 설명하고, 상대방을 배려하지 않은 말과 행동의 무서움을 얘기해 보세요.

6. 「누렁이」에서 주인공은 자신의 이익을 위해 동물들을 훈련시켜 공연을 합니다. 그처럼 오늘날 많은 동물들이 의학 실험용으로 쓰이고 있으며, 동물원에 갇혀 있기도 합니다. 또한 사람들이 해야 할 위험한 일(폭발물 탐지 등)을 대신하는 경우도 있습니다. 이런 현상에 대해 찬성하는 의견과 반대하는 의견을 써 보세요.

풀이

이해 능력 Level Up!

1. 5)	2. 2)	3. 1)	4. 3)	5. 2)	6. 4)
7. 5)	8. 1)	9. 1)	10. 3)	11. 4)	12. 5)
13. 1)	14. 2)				

논리 능력 Level Up!

1. 오추멜로프가 카멜레온이다. 상황에 따라 몸의 색깔을 바꾸는 카멜레온처럼 오추멜로프 역시 사람들의 말에 따라 자기 판단을 바꾸고 있기 때문이다.

2. 굽은 거울이 아내와 남편에게 자신들이 보고 싶어 하는 모습만 보여 주기 때문이다.

3. 나젠카는 그 말이 진실인 줄 알고 몹시도 무서워하는 썰매 타기에 빠져 들었다. 무심코 장난스레 던진 농담이 나젠카의 삶의 궤도를 뒤틀어 버린 것이다.

4. 벨랴예프는 알료샤가 한 말을 아무에게도 옮기지 않겠다고 맹세해 놓고도 그 약속을 지키지 않았다. 알료샤는 처음으로 '거짓'을 목격한 것이다. 그래서 알료샤는 세상이 순진하지만 않다는 사실에 분노한다.

5. 아버지는 술에 중독된 무책임한 사람이다. 그는 입으로는 삶의 의지나 바른 태도를 버릇처럼 말하고 있지만, 실제로는 스스로 절제력을 잃어서 실패한 사람이다.

6. 새 주인은 누렁이를 훈련시켜 동물 배우로 쓸 욕심 때문에 친절하게 대해 주었다. 그는 동물을 사랑하는 사람이 아니라 이용하는 사람이었던 것이다.

7. 자신이 이기리라고 철석같이 믿었던 내기에서 지게 되었기 때문이다. 은행가는 파산할 처지에 놓였는데, 변호사는 태연히 감옥을 견디고 있었기 때문에 은행가는 그를 죽일 생각을 했다.

논술 능력 Level Up!

1. 예시 : 오추멜로프는 자신의 출세가 가장 중요한 사람이다. 경찰임에도 불구하고 다친 사람을 보호하거나 사회 질서를 바로 잡으려는 의지가 전혀 없다. 개가 사람을 물었다는 사실보다도 누구의 개이냐가 중요한 것이다. 작은 개마저 자신의 출세 도구(끈)로 보고 있다.

2. 예시 : 여러 가지 형식의 편지를 쓸 수 있다. 그렇지만 아무래도 할아버지가 반카를 데리고 올 수 없다는 답장을 쓰는 게 적합하겠다. 할아버지 혼자서 반카를 예전처럼 잘 돌볼 수도 없으며, 고되고 서럽더라도 도시에서 제화 기술을 익히는 게 낫다고 판단할 것이기 때문이다. 그렇더라도 반카가 할아버지를 애타게 그리워

하듯이 할아버지 역시 반카를 사랑하고 아낀다는 다정스러움은 담겨 있어야 한다.

3. 예시 :
- 〈긍정적인 면〉
첫째, 누구에게나 친절하고 다정하다.
둘째, 지난 슬픔에 빠지지 않고 현실에 열중한다.
셋째, 자기 가족만 챙기기 않고 두루 보살피는 성격이다.
- 〈부정적인 면〉
첫째, 자기 판단이 뚜렷하지 않고 마음이 여리다.
둘째, 자기 이익을 잘 따지지 못한다.
셋째, 여러 번 결혼하는 바람에 가벼워 보인다.
- 〈평가〉
올렌카의 양면을 따져서 자기 생각을 솔직하게 쓰면 된다. 올렌카의 태도를 좋게 볼 수도 있지만, 그렇지 않을 수도 있다. 그러나 어떤 사람을 성급하게 평가해서는 안 된다.

4. 예시 : 굽었다는 것은 왜곡되어 있다는 것이다. 쉽게 말해 있는 그대로의 사실이 아니라 뒤틀린 진실이라는 것이다. 그런데 여기서 중요한 것은 거울이 '굽은' 게 아니라 거울을 바라보는 사람의 내면(속마음)이 굽었다는 것이다. 사람은 누구나 자기 눈에 보기 좋고, 자기 귀에 달콤한 것을 바란다는 뜻이다. 일상에서 자기 스스로 진실을 외면하고 사실을 거짓으로 왜곡하고 싶었던 경험을 떠올려 보면 되겠다.

5. 예시 : 그 한 마디 때문에 나젠카의 삶이 뒤틀리고 만다. 좀 어려운 얘기로 '극적 반전'이다. 장난삼아 던진 한마디에 자신의 모든 것을 던진 나젠카를 생각해 보라. 이런 허무함이 어디에 있단 말인가. 일상에서 말 때문에 상처를 받았거나 상처를 준 경우를 떠올려 보자. 안타까운 일이지만, 몰지각한 네티즌들의 언행 때문에 많은 사람들이 상처를 받고, 억울함을 호소하는 비극도 오늘날 우리 주변에서 흔히 볼 수 있는 사례다.

6. 예시 1 : • 찬성—아직 검증되지 않은 의약품 실험이나 인간의 생명이 위태로운 일에 동물을 이용하는 건 당연하다. 그렇지 않다면 과학 실험도 하기 어렵고 당연히 발전도 힘들 것이다. 지혜로운 인간이 동물을 이용하는 건 자연스런 세상 이치다.

예시 2 : • 반대—인간을 보호하려고 동물의 생명을 빼앗고 동물을 고통에 빠뜨리는 건 잔인한 행동이다. 사람의 생명만 중요하고 동물들은 죽어도 괜찮다는 생각이다. 그런 생각을 버리지 않는다면 생명과 환경 파괴는 더욱 심각해질 것이다.

초등학생이 꼭 읽어야 할 세계 명작 시리즈